Primo Levi (Torino, 1919-1987), presentando *La chiave a stella* nel 1978 (ovvero a una trentina d'anni dal suo esordio come scrittore in *Se questo è un uomo*, apparso nel 1947 in 2500 esemplari presso l'editore De Silva di Torino, dopo un rifiuto della casa editrice Einaudi e a una ventina d'anni dalla ripubblicazione di quello straordinario documento da parte della stessa Einaudi nella collana dei «Saggi»), tenne a dire a qualche intervistatore: «Questa è un po' la mia opera prima: quando ho scritto gli altri libri, avevo un'altra professione, facevo il chimico. Ma da un anno e mezzo scrivo soltanto. *La chiave a stella* è il mio primo lavoro professionale, dunque...»

La letteratura industriale in voga, almeno nelle discussioni, negli anni Sessanta pareva in un certo senso richiamata a operare, ma rovesciata di segno. L'ex chimico Primo Levi in *La chiave a stella* si riprometteva senz'altro di fare un discorso positivo sul lavoro, sull'amore al lavoro. Lui, che aveva parlato della tragedia del lavoro coatto ad Auschwitz, non aveva mai ceduto alla demonizzazione del lavoro. Il suo lavoro da chimico gli aveva non solo salvato la vita nel campo di sterminio stesso, e successivamente gli aveva assicurato un ragionevole guadagno e una pensione, ma gli aveva elargito le esperienze di cui scrivere: «lo scrittore che ne manca lavora a vuoto, crede di scrivere ma scrive pagine vuote».

In *La chiave a stella*, è vero, Levi pare raccontare o, meglio, farsi raccontare le esperienze di un altro, ovvero del montatore Libertino Faussone, detto Tino, un tecnico piemontese che va in giro per il mondo a montare gru, ponti sospesi, strutture metalliche, impianti petroliferi. Ma Levi si immedesima nel suo personaggio, ne vive le avventure con disponibilità e gusto. Faussone è una specie di Ulisse che erige ovunque monumenti con la sua « chiave a stella », l'utensile che serve per verificare il serraggio dei bulloni, un passepartout che va bene per tutti i bulloni, morbidi, duri, ostinati. Non c'è mai il rischio che sfalsi la filettatura, perché sa dosare i suoi strappi e avverte sempre la mano che quello è l'ultimo giro e oltre non si può andare. La chiave a stella conosce bene le sue funzioni, accoppiando forza e delicatezza, impeto e misura.

Prima di fare il montatore di tralicci, Faussone era alla Lancia, alla catena come tanti altri, e non gli piaceva troppo, ma ne è uscito reagendo, formandosi una professionalità. Ora è richiesto dappertutto, e ovunque è chiamato a vivere le sue avventure, estraneo a ogni ideologia, ma con vivace senso dell'umorismo e dell'epica insieme, con un certo orgoglio nel coltivare il lavoro, specializzato, anche se non può non risultare a lui, come a Levi, non precisamente di moda ai nostri giorni. « Io, l'anima ce la metto in tutti i lavori. Per me, ogni lavoro che incammino è come un primo amore », dice Faussone. E Levi rincara: « Amare il proprio lavoro costituisce la migliore approssimazione concreta alla felicità sulla terra ».

Levi non aveva dubbi. « So che il mio libro è destinato a provocare qualche polemica, anche se non è nato con intento polemico. Certo, al giorno d'oggi il rifiuto del lavoro è addirittura teorizzato da componenti giovanili, ma anche senza giungere a queste posizioni estreme esiste in strati piuttosto diffusi una tendenza a sottovalutare la competenza professionale intesa come valore positivo in sé », diceva. E proprio per questo s'impegnò, divertendosi e divertendo, a dare forma letteraria al personaggio di Faussone. Un piemontese all'estero anche nel linguaggio, il linguaggio Fiat degradato, povero di vocaboli, con un impasto di metafore prese dal mondo dell'industria e già usate anche dai calabresi appena arrivati al Nord. *La chiave a stella* è il libro piú ottimista di Primo Levi.

# Primo Levi
## La chiave a stella

Einaudi

© 1978 e 1991 Giulio Einaudi editore s. p. a., Torino

Prima edizione «Supercoralli nuova serie» 1978

ISBN 88-06-12694-6

# La chiave a stella

... though this knave came somewhat saucily into the world... thére was good sport at his making.

(... questo furfante è venuto al mondo in una maniera un po' impertinente,... ma c'è stato un bel divertimento nel farlo).

*Re Lear*, atto I, scena I.

## «Meditato con malizia»

«Eh no: tutto non le posso dire. O che le dico il paese, o che le racconto il fatto: io però, se fossi in lei, sceglierei il fatto, perché è un bel fatto. Lei poi, se proprio lo vuole raccontare, ci lavora sopra, lo rettifica, lo smeriglia, toglie le bavature, gli dà un po' di bombé e tira fuori una storia; e di storie, ben che sono più giovane di lei, me ne sono capitate diverse. Il paese magari lo indovina, così non ci rimette niente; ma se glielo dico io, il paese, finisce che vado nelle grane, perché quelli sono brava gente ma un po' permalosa».

Conoscevo Faussone da due o tre sere soltanto. Ci eravamo trovati per caso a mensa, alla mensa per gli stranieri di una fabbrica molto lontana a cui ero stato condotto dal mio mestiere di chimico delle vernici. Eravamo noi due i soli italiani; lui era lí da tre mesi, ma in quelle terre era già stato altre volte, e se la cavava benino con la lingua, in aggiunta alle quattro o cinque che già parlava, scorrettamente ma correntemente. È sui trentacinque anni, alto, secco, quasi calvo, abbronzato, sempre ben rasato. Ha una faccia seria, poco mobile e poco espressiva. Non è un gran raccontatore: è anzi piuttosto monotono, e tende alla diminuzione e all'ellissi come se temesse di apparire esagerato, ma spesso si lascia trascinare, ed allora esagera senza rendersene conto. Ha un vocabolario ridotto, e si esprime spesso attraverso luoghi comuni che forse gli sembrano arguti e nuovi; se chi ascolta non sorride, lui li ripete, come se avesse da fare con un tonto.

«... perché sa, se io faccio questo mestiere di girare per tutti i cantieri, le fabbriche e i porti del mondo, non è mica per caso, è perché ho voluto. Tutti i ragazzi si sognano di andare nella giungla o nei deserti o in Malesia, e me lo sono sognato anch'io; solo che a me i sogni mi piace farli venire veri, se no rimangono come una malattia che uno se la porta appresso per tutta la vita, o come la farlecca di un'operazione, che tutte le volte che viene umido torna a fare male. C'erano due maniere: aspettare di diventare ricco e poi fare il turista, oppure fare il montatore. Io ho fatto il montatore. Si capisce che ce ne sono anche delle altre, di maniere, come chi dicesse fare il contrabbando eccetera, ma non fanno per me, perché a me piace vedere i paesi però sono un tipo regolare. Adesso poi ci ho fatto talmente l'abitudine che se dovessi mettermi tranquillo verrei malato: per conto mio, il mondo è bello perché è vario».

Mi ha guardato per un momento, con occhi singolarmente inespressivi, e poi ha ripetuto con pazienza:

«Se uno sta a casa sua magari è tranquillo, ma è come succhiare un chiodo. Il mondo è bello perché è vario. Dunque le stavo dicendo che ne ho viste tante e di tutti i colori, ma la storia piú gotica mi è successa quest'anno passato, in quel paese che non le posso dire, però le posso dire che è molto lontano da qui e anche da casa nostra, e mentre che qui si patisce il freddo, laggiú invece nove mesi su dodici fa un caldo della forca, e gli altri tre tira vento. Io ero là per lavorare nel porto, ma laggiú non è come da noi: il porto non è dello Stato, è di una famiglia, e la famiglia è del capofamiglia. Io prima di cominciare il mio montaggio ho dovuto andare da lui tutto vestito con la giacca e la cravatta, mangiare, fare conversazione, fumare, senza fretta, pensi un po', noi che abbiamo sempre le ore contate. Mica per niente, è che costiamo cari, è il nostro vanto. Questo capofamiglia era un tipo mezzo e mezzo, mezzo moderno e mezzo all'antica; aveva una camicia bella bianca, di quelle che non si stirano, però quando entrava in casa si toglieva le scarpe, e me le ha fatte togliere anche a me. Parlava inglese meglio degli inglesi (che del resto ci va poco), ma le donne di casa sua non me le ha fatte vedere. Anche come padrone doveva essere mezzo e mezzo, una specie di schiavista progressista: pensi che aveva fatto appendere la sua foto incorniciata in tutti gli uffici e perfino nei magazzini, neanche fosse stato Gesú Cristo. Ma tutto il paese è un po' cosí, ci sono gli asini e le telescriventi, ci sono degli aeroporti che Caselle fa fino ridere, ma sovente per arrivare in un posto si fa piú presto a cavallo. Ci sono piú nàit che panetterie, ma si vede la gente in strada col tracoma.

Lei deve sapere che montare una gru è un bel lavoro, e un carro-ponte ancora di piú, però non sono mestieri da fare da soli: ci vuole uno che sappia le malizie e che diriga, che saremmo poi noi, e gli aiutanti si trovano sul posto. È qui che cominciano le sorprese. In quel porto che le stavo dicendo, anche la faccenda sindacale è un bel trigo; sa, è un paese dove se uno ruba gli tagliano la mano in piazza: la destra o la sinistra, secondo quanto ha rubato, o magari anche un orecchio, ma con l'anestesia, e con dei chirurghi in gamba che fermano l'emorragia in un momento. Sí, non sono storie, e se uno mette in giro delle calunnie sulle famiglie che contano gli tagliano la lingua e ciau.

Bene, con tutto questo hanno delle leghe abbastanza decise, e bisogna fargli i conti insieme: lí tutti gli operai si portano sempre dietro la radiolina, come se fosse un portafortuna, e se la radio dice che c'è sciopero si ferma tutto, non c'è uno che si osi di alzare un dito: del resto, se provasse, c'è caso che si prenda una coltellata, magari non subito ma di lí a due o tre giorni; oppure gli cade una putrella sulla testa, o beve un caffè e resta lí secco. Non mi piacerebbe viverci; però sono contento di esserci stato, perché certe cose uno se non le vede non le crede.

Allora, le stavo dicendo che ero laggiú per montare una gru da molo, uno di quei bestioni a braccio retrattile, e un carro-ponte fantastico, 40 metri di luce e un motore di sol-

levamento da 140 cavalli; cristo che macchina, domani sera bisogna che mi ricordi di farle vedere le foto. Quando ho
finito di metterla su, e abbiamo fatto il collaudo, e sembrava che camminasse in cielo, liscia come l'olio, mi sentivo
come se mi avessero fatto commendatore, e ho pagato da
bere a tutti. No, non vino, quella loro porcheria che chiamano cumfàn, sa di muffa, però rinfresca e fa bene; ma andiamo con ordine. Quel montaggio non è stato una cosa
semplice; non per la faccenda tecnica, che è andata dritta
fin dal primo bullone, no, era una specie di atmosfera che si
sentiva, come un'aria pesante, quando sta per venire la tempesta. Gente che parlottava negli angoli, si facevano dei se-
gni e delle smorfie che io non capivo, ogni tanto saltava fuori un giornale murale e tutti si ammucchiavano intorno a
leggerlo o a farselo leggere, e io rimanevo solo in cima al-
l'impalcatura come un merlo.

Poi la tempesta è venuta. Un giorno ho visto che si chiamavano uno coll'altro, a gesti, a fischi: se ne sono andati
via tutti, e allora, dato che da solo non potevo combinare
niente, sono sceso anch'io giú per il traliccio, e sono andato
a vedere la loro assemblea. Era in un capannone in costru-
zione: in fondo avevano fatto una specie di palco, con delle travi e delle tavole; sul palco venivano su a parlare, uno
dopo l'altro. Io la loro lingua la capisco poco, ma si vedeva
che erano arrabbiati, come gli avessero fatto un torto. A un
certo punto è venuto su uno piú vecchio, che sembrava un
caporione; questo qui sembrava molto sicuro di quello che
diceva, parlava calmo, pieno d'autorità, senza gridare come gli altri, e non ne aveva neanche bisogno, perché davanti
a lui tutti hanno fatto silenzio. Ha fatto un discorso tranquillo, e tutti sono rimasti persuasi; alla fine ha fatto una
domanda, e tutti hanno alzato la mano gridando non so che
cosa; quando ha fatto la controprova, di mani non se n'è al-
zata neanche una. Allora il vecchio ha chiamato un ragazzo
che stava in prima fila, e gli ha dato un ordine. Il ragazzo è
partito di corsa, è andato al magazzino attrezzi, e è tornato

in un momento tenendo in mano una delle foto del padrone e un libro.

Vicino a me c'era un collaudatore che era del posto ma sapeva l'inglese; eravamo anche un po' in confidenza, perché i collaudatori conviene sempre tenerseli buoni: ogni santo vuole la sua candela».

Faussone aveva appena finito una porzione abbondante d'arrosto, ma ha chiamato la cameriera e se n'è fatta portare una seconda. A me interessava piú la sua storia che i suoi proverbi, ma lui ha ripetuto con metodo:

«In tutti i paesi del mondo, poco da fare, i santi vogliono le sue candele: io a quel collaudatore gli avevo regalato una canna da pesca, perché i collaudatori bisogna tenerseli buoni. Cosí lui mi ha spiegato che si trattava di una questione balorda: gli operai, da un pezzo, chiedevano che la cucina del cantiere facesse da mangiare secondo la loro religione; il padrone invece si dava delle arie da modernista, benché poi alla finitiva fosse bigotto di un'altra religione, ma quello è un paese con tante di quelle religioni che c'è da perdersi. Insomma, gli ha fatto sapere dal capo del personale che o si tenevano cara quella mensa cosí com'era, o niente mensa. C'erano stati due o tre scioperi, e il padrone non aveva fatto neanche una piega perché tanto le commesse erano magre. Allora era venuta fuori la proposta di fargli la fisica, cosí per rappresaglia».

«Come, fargli la fisica?»

Faussone mi ha spiegato pazientemente che fare la fisica è come dire fare un malefizio, mandare il malocchio addosso a qualcuno, fargli una fattura:

«...magari neanche per farlo morire: anzi, quella volta lí non volevano sicuro che morisse, perché il suo fratello piú piccolo era peggio di lui. Volevano solo fargli prendere una paura, non so, una malattia, un incidente, tanto per fargli cambiare idea, e per fargli vedere che anche loro sapevano farsi le sue ragioni.

Allora il vecchio ha preso un coltello, e ha schiodato e

staccato la cornice dal ritratto. Sembrava che di quei lavori lí ci avesse una gran pratica; ha aperto il libro, ha messo il dito a occhi chiusi su una pagina, poi gli occhi li ha di nuovo aperti e ha letto nel libro qualche cosa che io non ho capito e il collaudatore neanche. Ha preso la foto, ha fatto un rotolo e l'ha schiacciato bene con le dita. Si è fatto portare un cacciavite, l'ha fatto arroventare su un fornello a spirito, e lo ha infilato nel rotolo schiacciato. Ha spianato la foto e l'ha fatta vedere, e tutti battevano le mani: la foto aveva sei pertugi bruciacchiati, uno sulla fronte, uno vicino all'occhio destro, uno all'angolo della bocca. Gli altri tre erano cascati sullo sfondo, fuori della faccia.

Allora il vecchio ha rimesso la foto nella cornice, cosí com'era, spiegazzata e bucata, e il ragazzino è partito per rimetterla a posto, e tutti sono tornati a lavorare.

Bene, a fine aprile il padrone si è ammalato. Non l'hanno detto chiaro, ma la voce è corsa subito, sa come succede. È sembrato grave fin dal principio: no, alla faccia non aveva niente, la storia è strana abbastanza anche solo cosí. La famiglia voleva metterlo sull'aereo e portarlo in Svizzera, ma non hanno fatto a tempo: aveva qualche cosa nel sangue, in dieci giorni è morto. E pensi che era un tipo robusto, che non era mai stato malato: sempre in giro per il mondo in aereo, e fra un aereo e l'altro sempre dietro alle donne, o a giocare la notte finché spuntava il sole.

La famiglia ha denunciato gli operai per omicidio, anzi, per "assassinio meditato con malizia": mi hanno detto che laggiú si dice cosí. Hanno dei tribunali, può capire, che è meglio non cascargli nelle unghie. Non hanno un codice solo, ne hanno tre, e scelgono uno o l'altro secondo che fa comodo al piú forte, o a chi paga di piú. La famiglia, dicevo, sosteneva che l'assassinio c'era stato: c'era la volontà di ammazzare, c'erano le azioni per far morire, e c'era stata la morte. L'avvocato della difesa ha risposto che le azioni non erano state quelle giuste, o caso mai erano buone solo a fargli venire qualche guaio alla pelle, non so, un'espulsione o i foruncoli: ha detto che se quella foto l'avessero tagliata in due o l'avessero bruciata con la benzina, allora sí che sarebbe stato grave. Perché pare che vada cosí, la storia della fattura, da un buco nasce un buco, da un taglio un taglio, e cosí via: a noi ci fa un po' ridere, ma loro ci credono tutti, anche i giudici, e anche gli avvocati difensori».

«Come è finito il processo?»

«Lei ha voglia di scherzare: continua ancora, e continuerà chissà fino a quando. In quel paese i processi non finiscono mai. Ma quel collaudatore che dicevo mi ha promesso di tenermi informato, e se crede io terrò informato lei, dal momento che questa storia le interessa».

È venuta la cameriera a servire la portentosa razione di formaggio che Faussone aveva ordinata: era sulla quarantina, magrolina e curva, coi capelli lisci unti di chissà cosa, e con una povera faccia da capra spaurita. Ha guardato Faussone con insistenza, e lui ha reso lo sguardo con indifferenza ostentata. Quando se n'è andata, mi ha detto:

«Sembra un po' il fante di bastoni, poveretta. Ma cosa vuole: bisogna contentarsi di quello che passa il convento».

Ha accennato al formaggio col mento, e mi ha chiesto con scarso entusiasmo se volevo favorire. Lo ha attaccato con avidità, e fra un colpo di ganascia e il successivo ha ripreso:

«Sa bene, qui, articolo ragazze, si tirano un po' verdi. Bisogna stare contenti di quello che passa il convento. Voglio dire il cantiere».

«...Beh, è roba da non crederci: lo capisco che queste cose le è venuto voglia di scriverle. Sí, qualche cosa ne sapevo anch'io, me le raccontava mio padre, che in Germania c'era stato anche lui, ma in un'altra maniera: ogni modo, guardi, io lavori in Germania non ne ho presi mai, sono terre che non mi sono mai piaciute, e mi arrangio a parlare tante lingue, perfino un poco di arabo e di giapponese, ma di tedesco non ne so neanche una parola. Un giorno o l'altro gliela voglio raccontare, la storia di mio padre prigioniero di guerra, ma non è come la sua, è piuttosto da ridere. E neppure in prigione non ci sono mai stato, perché oggi come oggi per finire in prigione bisogna farla abbastanza grossa; eppure, vuol credere? una volta mi è successo un lavoro che per me è stato peggio che stare in prigione; e se dovessi andare in prigione sul serio, credo che non resisterei neanche due giorni. Mi spaccherei la testa contro le muraglie, oppure morirei di crepacuore, come fanno gli usignoli e i rondoni se uno cerca di tenerli in gabbia. E non creda che mi sia successo in chissà che paese lontano: mi è successo a due passi da casa nostra, in un posto che quando tira vento e l'aria è pulita si vede Superga e la Mole; ma che l'aria sia pulita, da quelle parti non capita tanto sovente.

Mi avevano chiamato, me e degli altri, per un lavoro che non era proprio niente di speciale, né come posto né come difficoltà: il posto gliel'ho già detto, ossia non gliel'ho detto tanto preciso, ma il fatto è che un po' di segreto professionale ce l'abbiamo anche noi, come i dottori e come i

preti quando confessano. Quanto poi alla difficoltà, era solo un traliccio a forma di torre, alto una trentina di metri,
base sei per cinque, e non ero neanche da solo; era d'autunno, non faceva né freddo né caldo, e insomma non era quasi neanche un lavoro, era un lavoro per riposarsi dagli altri
lavori e per comprare di nuovo l'aria del paese; e io ne avevo bisogno, perché arrivavo fresco fresco da una brutta faccenda, dal montaggio di un ponte in India che un giorno o
l'altro glielo devo proprio raccontare.

Anche come disegno non c'era niente di fuorivia, tutta
carpenteria di serie, ferri a L e a T, nessuna saldatura difficile, pavimenti di grigliato in formati UNI; e il montaggio,
poi, era previsto di farlo con la torre coricata per terra, cosí che piú di sei metri non c'era mai bisogno di salire e non
c'era neanche da legarsi. Alla fine sarebbe poi venuta la gru
per tirarla su e metterla in piedi. A cosa servisse, in un primo tempo non ci avevo neppure fatto caso: avevo visto dai
disegni che doveva fare da sostegno per un impianto di chimica abbastanza complicato, con delle colonne grosse e piccole, degli scambiatori di calore e un mucchio di tubazioni.
Mi avevano detto soltanto che era un impianto di distillazione, per ricuperare un acido dalle acque di scarico, che se
no...»

Senza volerlo e senza saperlo, devo aver assunto un'es-
spressione particolarmente interessata, perché Faussone si
è interrotto, e in tono fra stupito e stizzito mi ha detto: «Finirà poi col dirmelo, se non è un segreto, che commercio è
il suo, e che cosa è venuto a fare da queste parti»; però poi
ha continuato nel suo racconto.

«Ma anche se non avevo la competenza, mi piaceva lo
stesso vederlo crescere, giorno per giorno, e mi sembrava
di veder crescere un bambino, voglio dire un bambino ancora da nascere, quando è ancora nella pancia di sua mamma. Si capisce che come bambino era un po' strano perché
pesava sulle sessanta tonnellate solo la carpenteria, ma cresceva non cosí basta che sia, come cresce la gramigna: veni-

va su ordinato e preciso come nei disegni, in maniera che quando poi abbiamo montato le scalette fra piano e piano, che erano abbastanza complicate, hanno quadrato subito senza che ci fossero da fare dei tagli o delle giunte, e questa è una cosa che dà soddisfazione, come quando hanno fatto il traforo del Frejus, che ci hanno messo tredici anni, ma poi il buco francese e il buco italiano si sono incontrati con uno sbaglio neanche di venti centimetri, tant'è vero che gli hanno poi fatto quel monumento tutto nero in piazza Statuto, con in cima quella signora che vola.

Come le ho detto, su quel lavoro non ero solo, ben che un lavoro come quello, se mi avessero dato tre mesi e due manovali un po' svelti, anche da solo me la sarei cavata bene. Eravamo quattro o cinque, perché il committente aveva fretta e voleva il traliccio in piedi in venti giorni massimo. Nessuno mi aveva dato il comando della squadra, ma fin dal primo giorno è venuto come di natura che comandassi io, perché ero quello che aveva piú mestiere: che fra noi è la sola cosa che conti, i gradi sulla manica noi non ce li abbiamo. Con questo committente non ci ho parlato tanto, perché lui aveva sempre fretta e io anche, ma siamo subito andati d'accordo, essendo che anche lui era uno di quei tipi che non si dànno delle arie ma sanno il fatto suo e sono capaci di comandare senza mai dire una parola piú forte dell'altra, che non ti fanno pesare i soldi che ti dànno, che se sbagli non si arrabbiano tanto, e che quando sbagliano loro poi ci pensano su e ti chiedono scusa. Era uno delle nostre parti, un ometto come lei, solo un po' piú giovane.

Quando il traliccio è stato finito in tutti i suoi trenta metri, ingombrava tutto il piazzale, e era goffo e un po' ridicolo come tutte le cose che sono fatte per stare in piedi quando viceversa sono coricate: insomma faceva pena come un albero abbattuto, e ci siamo sbrigati a chiamare le autogru perché lo mettessero diritto. Ce ne volevano due, da tanto che era lungo, che lo agganciassero dalle due testate e lo facessero camminare piano piano fino sul suo basamento di cemento armato, che era già predisposto coi suoi ancoraggi pronti; e una delle due col braccio a telescopio, che lo tirasse in piedi e poi lo calasse giú. Tutto bene, ha fatto il suo viaggio dal piazzale fino ai magazzini, per svoltare intorno all'angolo dei magazzini abbiamo dovuto tirare giú un po' di muratura ma niente di grave, quando il fondo è stato sul basamento la gru piú piccola se n'è andata a casa, e l'altra ha sfoderato tutto il suo braccio con il traliccio appeso, che a poco a poco si è messo in piedi: e anche per me, che di gru ne ho viste parecchie, è sembrato un bello spettacolo, anche perché si sentiva il motore che ronzava tutto tranquillo, come se dicesse che per lui quello era una balla da niente. Ha mollato giú il carico di precisione, coi fori giusti sugli ancoraggi, abbiamo serrato i bulloni, abbiamo bevuto una volta e ce ne siamo andati. Ma il committente mi è corso appresso: mi ha detto che aveva stima, che il lavoro piú difficile era ancora da fare, mi ha chiesto se avevo degli altri impegni e se sapevo saldare l'inossidabile, e insomma a farla corta siccome impegni non ne avevo e lui mi era simpatico, e il lavoro anche, gli ho detto di sí e lui mi ha ingaggiato come capomontatore per tutte le colonne di distillazione e per le tubazioni di servizio e di lavoro. Di servizio è come dire dove ci passano l'acqua di raffreddamento, il vapore, l'aria compressa e cosí via; di lavoro sono quelle dove passano gli acidi da lavorare: si dice cosí.

Le colonne erano quattro, tre piccole e una grossa, e quella grossa era molto grossa, ma il montaggio non era difficile. Era solo un tubo verticale di acciaio inossidabile, alta trenta metri, cioè alta come il traliccio che appunto la doveva tenere su, e col diametro di un metro: era arrivata divisa in quattro tronconi, di modo che c'erano da fare tre giunte, una flangiata e due saldate di punta, una passata interna e una esterna, perché la lamiera era da dieci millimetri. Per fare la passata interna ho dovuto farmi calare giú dalla cima del tubo, in una specie di gabbia come quelle dei pappagalli appesa a una corda, e non era tanto bello, ma ci

ho messo pochi minuti. Invece, quando ho cominciato con
le tubazioni credevo di perdere la testa, perché io veramente sarei montatore di carpenteria, e un lavoro complicato
come quello non l'avevo mai visto. Erano piú di trecento,
di tutti i calibri da un quarto fino a dieci pollici, di tutte le
lunghezze, con tre, quattro, cinque gomiti, e neanche tutti
ad angolo retto, e di tutti i materiali: ce n'era fino una di ti-
tanio, che io non sapevo neanche che esistesse e mi ha fatto sudare sette camicie. Era quella dove passava l'acido piú
concentrato. Tutte queste tubazioni collegavano insieme la
colonna grande con quelle piccole e con gli scambiatori, ma
lo schema era cosí complicato che io lo studiavo al mattino
e alla sera l'avevo già dimenticato. Come del resto non ho
mai capito bene in che maniera tutto l'impianto dovesse poi
funzionare.

La piú parte delle tubazioni erano di inossidabile, e lei
lo sa che l'inossidabile è un gran bel materiale, ma non con-
sente, voglio dire che a freddo non cede... Non lo sapeva?
Scusi, ma io credevo che a voialtri queste cose le insegnassero a scuola. Non cede, e se lei lo scalda, poi non è piú tanto inossidabile. In conclusione, era un gran montare, tirare,
limare e poi smontare di nuovo; e quando nessuno mi vedeva, andavo giú anche col martello, perché il martello aggiusta tutto, tanto che alla Lancia lo chiamavano "l'ingegnere". Basta, quando abbiamo finito coi tubi, sembrava
la giungla di Tarzan e si faceva fatica a passarci in mezzo.
Poi sono venuti i coibentatori a coibentare e i verniciatori a
verniciare, e tra una storia e un'altra è passato un mese.

Un giorno ero proprio in cima alla torre con la chiave a
stella per verificare il serraggio dei bulloni, e mi vedo arrivare lassú il committente, che tirava un po' l'ala perché
trenta metri è come una casa di otto piani. Aveva un pen-
nellino, un pezzo di carta e un'aria furba, e si è messo a
raccogliere la polvere dalla placca di testa della colonna che
io avevo finito di montare un mese prima. Io lo stavo a guardare con diffidenza, e dicevo fra di me "questo è venuto a

cercare rogna". Invece no: dopo un po' mi ha chiamato, e mi ha fatto vedere che col pennello aveva spazzato nella carta un pochino di polvere grigia.

"Sa cosa è?" mi ha chiesto.

"Polvere", ho risposto io.

"Sí, ma la polvere delle strade e delle case non arriva fin qui. Questa è polvere che viene dalle stelle".

Io credevo che mi pigliasse in giro, ma poi siamo scesi, e lui mi ha fatto vedere con la lente che erano tutti pallini rotondi, e mi ha mostrato che la calamita li tirava, insomma erano di ferro. E mi ha spiegato che erano stelle cadenti che avevano finito di cadere: se uno va un po' in alto in un posto che sia pulito e isolato, ne trova sempre, basta che non ci sia pendenza e che la pioggia non le lavi via. Lei non ci crede, e neanche io sul momento non ci ho creduto; ma col mio mestiere capita sovente di trovarsi in alto in dei posti come quelli, e ho poi visto che la polvere c'è sempre, e piú anni passano, piú ce n'è, di modo che funziona come un orologio. Anzi, come una di quelle clessidre che servono per fare le uova sode; e io di quella polvere ne ho raccolta un po' in tutte le parti del mondo, e la tengo a casa in uno scatolino; voglio dire a casa delle mie zie, perché io una casa non ce l'ho. Se un giorno ci troviamo a Torino gliela faccio vedere, e se ci pensa è una faccenda malinconica, quelle stelle filanti che sembrano le comete del presepio, uno le vede e pensa un desiderio, e poi cascano giú, si raffreddano, e diventano pallini di ferro da due decimi. Ma non mi faccia perdere il filo.

Dunque, le stavo dicendo che a lavoro finito quella torre sembrava un bosco; e sembrava anche a quelle figure che si vedono nell'anticamera dei dottori, IL CORPO UMANO: una coi muscoli, una con gli ossi, una coi nervi e una con tutte le budelle. I muscoli veramente non li aveva, perché non c'era niente che si muovesse, ma tutto il resto sí, e le vene e le budelle le avevo montate io. Il budello numero uno, vorrei dire lo stomaco o l'intestino, era quella colonna grande che le ho detto. L'abbiamo riempita d'acqua fino in cima, e dentro l'acqua abbiamo buttato giú due camion di anellini di ceramica, grossi come il pugno: l'acqua serviva perché gli anelli calassero giú piano senza rompersi, e gli anelli, una volta colata via l'acqua, dovevano servire a fare come un labirinto, in maniera che la miscela d'acqua e d'acido che entrava a metà colonna avesse il tempo di separarsi bene: l'acido doveva uscire dal fondo, e l'acqua dalla parte di sopra come vapore, e doveva poi condensarsi in uno scambiatore e finire non so dove; del resto gliel'ho detto che tutte quelle chimiche io non le ho capite bene. Bisognava appunto che gli anelli non si rompessero, si posassero piano piano gli uni sugli altri, e che alla fine riempissero la colonna fino alla cima. Buttare giú quegli anelli era un lavoro allegro, li tiravamo su a secchi con un paranco elettrico e li facevamo cadere nell'acqua dal passo d'uomo, e sembrava di essere bambini quando si fanno i tomini con la sabbia e l'acqua e i grandi dicono fa' attenzione che ti bagni tutto; e difatti mi sono bagnato tutto, ma faceva caldo e faceva fino piacere. Ci abbiamo messo quasi due giorni. C'erano anche le colonne piú piccole da riempire di anelli, e a che cosa servissero quelle non glielo saprei proprio dire, ma è stato un lavoro di due o tre ore: poi ho salutato, sono passato alla cassa a prendere i soldi, e come avevo una settimana di ferie arretrate me ne sono andato in val di Lanzo a pescare le trote.

Io quando vado in ferie l'indirizzo non lo lascio mai, perché so bene cosa capita; e infatti torno e trovo le zie tutte spaventate con in mano un telegramma del committente perché a loro, povere donne, basta un telegramma per farle andare su di giri: signor Faussone pregato contattarci immediatamente. Cosa vuole farci? L'ho contattato, che poi vuol dire che gli ho telefonato ma è piú elegante, e ho capito subito dalla voce che c'era qualche cosa che non andava. Aveva la voce di uno che telefona per chiamare un'ambulanza, ma non vuole fare vedere l'emozione per non perdere

lo stile: che mollassi lí tutto e andassi subito da lui, che c'e-
ra una riunione importante. Ho cercato di sapere che razza
di riunione e cosa c'entravo io, ma non ci sono riuscito perché lui insisteva che andassi subito, e sembrava che stesse
per mettersi a piangere.

Prendo su e vado, e trovo un quarantotto. Lui, il committente, aveva la faccia di uno che abbia passato la notte a
fare baldoria, e invece l'aveva passata vicino all'impianto
che stava dando i numeri; la sera prima si vede che si era
lasciato prendere dalla paura, come quando uno ha un malato in casa, e non capisce che male abbia, e allora perde la
testa e telefona a sei o sette dottori mentre invece sarebbe
meglio chiamarne uno solo ma buono. Lui aveva fatto venire il progettista, il costruttore delle colonne, due elettrici-
sti che si guardavano come un cane e un gatto, il suo chimico che anche lui era in ferie ma l'indirizzo lo aveva dovuto
lasciare, e uno con la pancia e la barba rossa che parlava tri-
colore e non si capiva che cosa c'entrasse, e poi si è saputo
che era un suo amico e faceva l'avvocato; ma piú che come
avvocato, credo che l'avesse chiamato perché gli facesse coraggio. Tutta questa gente stava lí ai piedi della colonna,
guardava in su, andavano e venivano pestandosi i piedi uno
con l'altro, cercavano di calmare il committente e facevano
dei discorsi senza senso; il fatto è che anche la colonna stava
facendo un discorso, e era proprio un po' come quando uno
è malato e ha la febbre e dice delle goffate, ma siccome magari sta per morire tutti lo prendono sul serio.

Per malata, quella colonna doveva ben essere malata, se
ne sarebbe accorto uno qualunque, e difatti me ne accorgevo perfino io che non ero della partita e il committente mi
aveva fatto venire solo perché ero io che ci avevo messo
dentro gli anelli. Aveva come un attacco ogni cinque minuti. Si sentiva come un ronzio leggero e tranquillo che poi
man mano diventava piú forte, irregolare, come una gran
bestia che gli mancasse il fiato; la colonna cominciava a vi-
brare, e dopo un poco entrava in risonanza anche tutto il

traliccio, e sembrava proprio che venisse un terremoto, e allora tutti facevano finta di niente, chi di legarsi una scarpa, chi di accendersi una sigaretta, ma andavano un po' piú lontano; poi si sentiva come un colpo di grancassa, ma soffocato, come se venisse di sottoterra, un rumore di risacca, voglio dire come di ghiaietta che crolli, poi piú niente, si sentiva solo il ronzio di prima. Tutto questo ogni cinque minuti, regolare come un orologio; e io glielo so dire perché è vero che c'entravo poco, ma fra tutti c'eravamo solo il progettista e io che avessimo conservato un po' di calma da vedere le cose senza perdere la testa: e io piú stavo lí e piú quell'impressione di avere per le mani una specie di bambino malato mi veniva piú forte. Sarà perché lo avevo visto crescere e gli ero perfino andato dentro a saldare; sarà perché si lamentava cosí senza senso, come uno che a parlare non sia ancora buono ma si vede che ha male; o sarà anche perché mi capitava come al dottore, che davanti a uno che ha male al corpo prima cosa gli mette l'orecchio sulla schiena, e poi lo tambussa tutto e gli mette il termometro, e io e il progettista facevamo proprio cosí.

A mettere l'orecchio su quelle lamiere, quando la crisi si incamminava, faceva impressione: si sentiva un gran lavoro di budelle in disordine, che quasi quasi anche le mie budelle personali c'è calato poco che non si mettessero in movimento ma mi sono tenuto per via della dignità; e quanto al termometro, si capisce che non era come i termometri della febbre che uno se li infila in bocca o viceversa. Era un termometro multiplo, con tanti bimetalli in tutti i punti strategici dell'impianto, un quadrante, e una trentina di pulsanti per scegliere il punto dove si voleva leggere la temperatura, insomma un affare studiato bene; ma siccome il centro della colonna grande, sí, della colonna che si era ammalata, era proprio il cuore di tutto il sistema, in quel punto c'era anche una termocoppia apposta, che comandava un termografo, sa bene, una punta scrivente che scrive la curva della temperatura su un rotolo millimetrato. Ebbene, quello faceva ancora piú impressione perché ci si vedeva sopra tutta la storia clinica, fin dalla sera che avevano avviato l'impianto.

Si vedeva l'avviamento, cioè la traccia che partiva da venti gradi e saliva in due o tre ore a ottanta, e poi un tratto tranquillo, bello piatto, per una ventina di ore. Poi c'era come un brivido, fino fino che si vedeva appena, che durava appunto cinque minuti; e da allora in poi, tutta una filza di brividi, sempre piú forti e tutti di cinque minuti giusti. Anzi, gli ultimi, cioè quelli dell'ultima notte, altro che brividi, erano delle onde di dieci o dodici gradi di scarto, che salivano ripide e cadevano a picco; e un'onda l'abbiamo presa al volo, il progettista e io, si vedeva la traccia che saliva mentre saliva anche nell'interno tutto quel rimescolio, e veniva giú di brutto appena si sentiva quel colpo di tamburo e il rumore del crollo. Il progettista, che era uno giovane ma che sapeva il fatto suo, mi ha detto che l'altro gli aveva telefonato a Milano già dalla sera prima perché voleva l'autorizzazione di spegnere tutto, ma che lui non si era fidato e aveva preferito mettersi in macchina e venire giú, perché la manovra di spegnimento non era cosí semplice e lui aveva avuto paura che il committente combinasse un guaio; adesso, però, non c'era altro da fare. Cosí, la manovra l'ha fatta lui, e in una mezz'ora tutto si è fermato, si è sentito un gran silenzio, la curva è scesa come un aereo che atterra, e a me mi pareva che tutto l'impianto tirasse un respiro di sollievo, come quando uno sta male e allora gli dànno la morfina e lui si addormenta e per un poco ha smesso di soffrire.

Io continuavo a dirglielo, che io non c'entravo niente, ma il committente ci ha fatti sedere tutti intorno a un tavolo perché ognuno dicesse la sua. Io veramente al principio di dire la mia non osavo, ma una cosa da dire ce l'avevo sí, perché gli anelli ero io che li avevo messi giú, e come ho l'orecchio abbastanza fino avevo sentito che quel rumore di budelle smosse era lo stesso rumore di quando ver-

savamo gli anelli dai secchi giú dentro la colonna: uno scro-
scio come quando arriva un ribaltabile a scaricare la ghiaia,
che ronza, si alza, si alza, e poi tutto d'un colpo la ghiaia
si mette a slittare e viene giú come una valanga. Alla fine
poi questa mia idea l'ho detta sotto voce al progettista che
era seduto vicino a me, e lui si è alzato in piedi e l'ha ripetuta
con delle belle parole come se fosse stata un'idea sua, e che
secondo lui la malattia della colonna era un caso di flading;
perché sa, se uno ha propensione per darsi dell'importanza, tutte le occasioni gli vengono buone. Che la colonna andava in flading, e bisognava aprirla, vuotarla e guardarci
dentro.

Detto fatto, tutti hanno cominciato a parlare di flading
salvo l'avvocato, che rideva da solo come un scemo e diceva qualche cosa di nascosto al committente: forse pensava
già di fare una causa. E tutti guardavano il sottoscritto, come se fosse già inteso che l'uomo che doveva salvare la situazione ero io; e devo dire che in fondo neanche mi dispiaceva, un po' per la curiosità, un po' anche perché quella colonna che si lamentava, e che raccoglieva in cima la polvere
delle stelle, e che si faceva il suo bisogno indosso... già, forse non glielo avevo detto, ma si vede che andava in pressione, perché sul massimo di ogni onda di calore, dalla guarni-
zione del passo d'uomo in basso si vedeva uscire una materia maron che colava giú sul basamento: bene, insomma
mi faceva pena, come uno che soffra e non sia capace di parlare. Pena e dispetto come fanno i malati, che anche se uno
non gli vuole bene finisce col dare una mano perché guari-
scano, cosí almeno non si lamentano piú.

Non sto a dirle il traffico per guardarci dentro. È venuto
fuori che dentro c'erano due tonnellate d'acido che costava
soldi, e che in tutti i modi non si poteva mandarlo in fogna
perché avrebbe inquinato tutta la zona; e essendo che appunto era un acido, non si poteva neppure metterlo dentro
dei serbatoi basta che sia, ma ci volevano di acciaio inossidabile, e anche la pompa doveva essere una pompa antiaci-

da perché la roba bisognava scaricarla a monte dato che non c'era la cadenza per scaricarla a gravità. Ma fra tutti ce la siamo sbrogliata, abbiamo scaricato l'acido, abbiamo purgato la colonna col vapore perché non puzzasse tanto, e l'abbiamo lasciata raffreddare.

A questo punto poco da fare ero di scena io. I passi d'uomo erano tre, uno in cima alla colonna, uno verso la metà e l'altro al piede: sa bene che si chiamano cosí perché sono quei buchi rotondi dove ci può passare un uomo, ci sono anche sulle caldaie delle locomotive a vapore, e non è mica detto che l'uomo ci passi tanto comodo perché hanno solo cinquanta centimetri di diametro, e io so di diversi che avevano un po' di pancia e o che non ci passavano, oppure che ci restavano piantati. Io però da quel punto di vista, lei lo vede bene, non ho mai avuto problemi. Ho seguito le istruzioni del progettista e ho cominciato a sbullonare piano piano il passo d'uomo in alto: piano perché caso mai non venissero fuori degli anelli. Scosto il flangione, tasto con un dito, poi con la mano, niente: poteva essere logico che gli anelli si fossero assestati un po' piú in giú. Tolgo il flangione, e vedo nero. Mi passano una lampada, infilo dentro la testa, e torno a vedere nero, anelli niente, come se quando li mettevo dentro me li fossi sognati: vedevo solo un pozzo che sembrava senza fondo, e solo quando ho abituato gli occhi al buio ho visto come un biancore giú in basso, che si vedeva appena appena. Abbiamo calato giú un peso attaccato a uno spago, e ha toccato a ventitre metri: tutti i nostri trenta metri di anelli si erano ridotti a sette.

C'è stato un gran parlare e discutere, e alla fine si è capito il macinato, che stavolta non era un modo di dire ma era proprio un macinato perché erano gli anelli che si erano macinati. Pensi un po' che lavoro: gliel'ho detto che erano anelli di ceramica, e che erano fragili, tanto che li abbiamo messi giú con l'acqua come ammortizzatore. Si vede che aveva cominciato a rompersene qualcuno, e le schegge a fare strato alla base della colonna; allora il vapore sforzava per farsi la via, rompeva lo strato di colpo, e il colpo rompeva gli altri anelli, e cosí di seguito. A conti fatti, e i conti li ha fatti il progettista in base alle quote degli anelli, di interi ce ne dovevano essere rimasti pochi. E infatti, ho aperto il passo d'uomo di mezzo e ho trovato vuoto; ho aperto quello in basso, e si è vista una pappetta di sabbia e sassetti grigi, che era tutto quello che restava della carica di anelli; una pappetta talmente intasata che quando ho tirato via il flangione non si è neanche mossa.

Non c'era altro che fargli il funerale. Io ne ho già visti diversi, di questi funerali, quando si tratta di fare sparire, di togliersi dai piedi una cosa sbagliata, che puzza come un morto, e che se si lascia lí a marcire è come una paternale che non finisce mai, anzi, è come una sentenza del tribunale, un promemoria a tutti quelli che ci hanno messo mano: "non scordartelo, questa coglioneria l'hai combinata tu". Non è mica un caso che quelli che hanno piú fretta di fare il funerale sono proprio quelli che sentono piú colpa: e quella volta lí è stato il progettista, che è venuto da me con l'aria disinvolta a dire che bastava un bel lavaggio con acqua, tutta quella graniglia sarebbe venuta via in un momento, e poi avremmo messo dentro degli anelli nuovi d'inossidabile, a sue spese, naturalmente. Sul lavaggio e sul funerale il committente è stato d'accordo, ma quando ha sentito parlare di altri anelli è diventato una bestia feroce: che il progettista attaccasse un quadretto alla Madonna perché lui non gli faceva causa per i danni, ma anelli mai piú, ne studiasse una meglio, e un po' in fretta, perché lui aveva già perso una settimana di produzione.

Io di colpe non ne avevo, ma a vedermi in giro tanta gente di cattivo umore ero diventato malinconico anche io, tanto piú che il tempo si era messo al brutto e invece che autunno sembrava inverno. Poi si è subito visto che non era un lavoro cosí svelto: si vede che quel materiale, voglio dire gli anelli rotti, erano delle schegge ruvide, e si erano intrecciate una con l'altra, perché l'acqua che gli gettavamo sopra con l'idrante usciva di sotto tale quale, bella pulita, e tutto quel fondame non si muoveva. Il committente ha cominciato a dire che forse se si fosse calato dentro uno con una pala, ma parlava come per aria, senza guardare negli occhi nessuno, e con una voce cosí timida che si vedeva che non ci credeva nemmeno lui. Abbiamo provato in diverse maniere, e in definitiva si è visto che il sistema migliore era quello di mandargli l'acqua per di sotto come si è sempre fatto quando uno è costipato: abbiamo avvitato l'idrante alla bocchetta di scarico della colonna, abbiamo dato tutta la pressione, per un po' non si è sentito niente, poi come un gran singhiozzo, e il materiale ha cominciato a muoversi e a uscire come un fango dal passo d'uomo; e a me pareva di essere un dottore, anzi un veterinario, perché a quel punto invece che un bambino quella colonna ammalata incominciava a sembrarmi una di quelle bestie che c'erano nei tempi dei tempi, che erano alte come una casa e poi sono morte tutte chissà perché. Forse appunto di costipazione.

Ma se non sbaglio io avevo incamminato questa storia in una maniera diversa, e poi mi sono lasciato andare. Avevo incominciato a dirle della prigione, e di quel lavoro peggio della prigione. Si capisce che se avessi saputo prima che effetto mi doveva fare, un lavoro cosí non lo avrei accettato, ma sa bene che a dire di no a un lavoro uno impara tardi, e per dire la verità io non ho ancora imparato neanche adesso, e si immagini un po' allora, che ero piú giovane, e mi avevano offerto un forfé che io pensavo già di andare due mesi in ferie con la ragazza; e poi lei deve sapere che farmi avanti quando tutti si fanno indietro a me mi è sempre piaciuto, e mi piace ancora, e loro hanno capito bene che tipo ero io. Mi hanno fatto la corte, che un altro montatore come me non lo trovavano, che avevano fiducia, che era un lavoro di responsabilità e tutto. Insomma gli ho detto di sí, ma è perché non mi rendevo conto.

Fatto sta che quel progettista, ben che era in gamba, aveva fatto una topica marca leone: l'ho capito dai discorsi che sentivo in giro, e anche dalla sua faccia. Pare che in una colonna come quella gli anelli non ci andassero, né di ceramica né in nessun'altra maniera, perché facevano ostacolo ai vapori; e che l'unica era di metterci al posto dei piatti, dei dischi forati insomma, d'acciaio inossidabile, uno ogni mezzo metro d'altezza, cioè in tutto una cinquantina... lei allora le conosce, queste colonne a piatti? sí? Ma garantito che non sa come si montano: o forse lo sa, ma non sa che effetto fa a montarle. Del resto è regolare, uno viaggia in auto e a tutto il lavoro che c'è quagliato lí dentro non ci pensa neanche; oppure fa i conti su uno di quei calcolatori che stanno in saccoccia, e prima si meraviglia ma poi fa l'abitudine e gli sembra naturale; del resto, anche a me mi sembra naturale che io decida di alzare questa mano e ecco che la mano si alza, ma appunto è solo per l'abitudine. È ben per questo che io ho caro a raccontare i miei montaggi: è perché tanti non si rendono conto. Ma torniamo ai piatti.

Ogni piatto è diviso in due, come due mezze lune che si incastrano una nell'altra: vanno fatti divisi cosí perché se fossero interi il montaggio sarebbe troppo difficile o magari impossibile. Ogni piatto appoggia su otto mensoline saldate alla parete della colonna, e il mio lavoro era proprio quello di saldare queste mensoline, a cominciare dal basso. Si va su a saldare tutto in giro, finché si arriva all'altezza della spalla: non piú su perché sa bene che è faticoso. Allora si monta il primo piatto sul primo cerchio di mensoline, ci si monta sopra con le scarpe di gomma, e come si è piú alti di mezzo metro, si salda un altro cerchio di mensoline. L'aiutante cala da sopra altri due mezzi piatti, uno se li monta un pezzo per volta sotto i piedi, e via: un giro di mensoline e un piatto, un giro e un piatto, fino alla cima. Ma la cima era alta trenta metri.

Bene, avevo fatto il tracciamento senza nessuna difficoltà, ma dopo che sono stato a due o tre metri da terra ho cominciato a sentirmi strano. Al principio credevo che fossero i vapori dell'elettrodo, ben che ci fosse un bel tiraggio; o magari la maschera, che se uno salda per tante ore di seguito bisogna che gli copra tutta la faccia, se no si scotta e gli vien via tutta la pelle. Ma poi andava sempre peggio, mi sentivo come un peso qui alla bocca dello stomaco, e la gola chiusa come quando da bambini si ha voglia di piangere. Piú che tutto, mi sentivo la testa andare in giostra: mi tornavano in mente tante cose che avevo dimenticate da un pezzo, quella sorella di mia nonna che si era fatta monaca di clausura, "chi passa questa porta – non vien piú fuori né viva né morta"; e i racconti che si facevano al paese, di quello che l'avevano messo nella bara e sotterrato e poi non era morto e di notte nel camposanto batteva coi pugni per uscire. Mi sembrava anche che quel tubo diventasse sempre piú stretto e che mi soffocasse come i topi nella pancia dei serpenti, e guardavo in su e vedevo la cima lontana lontana, da raggiungerla a passetti di mezzo metro per volta, e mi veniva una gran voglia di farmi tirare fuori, ma invece resistevo perché dopo tutti i complimenti che mi avevano fatto non volevo fare una figura.

Insomma ci ho messo due giorni, ma non mi sono tirato indietro, e in cima ci sono arrivato. Però devo dirle che dopo di allora, ogni tanto, cosí all'improvviso, quel senso di topo in trappola mi ritorna: piú che tutto negli ascensori. Sul lavoro è difficile che mi capiti, perché dopo di allora i montaggi nel chiuso li lascio fare dagli altri; e mi chiamo contento che nel mio mestiere il piú delle volte si sta ai quattro venti, magari si patisce il caldo, il freddo, la pioggia e le vertigini, ma con la clausura non ci sono problemi. Quella colonna non sono piú tornato a vederla, neanche dal di fuori, e giro al largo da tutte le colonne, i tubi e i cunicoli; e sui giornali, quando ci sono quelle storie di sequestri, non le leggo neanche. Ecco. È da stupido, e io lo so che è da stupido, ma non sono piú stato buono di tornare come prima. A scuola mi avevano insegnato il concavo e il convesso: bene, io sono diventato un montatore convesso, e i lavori concavi non fanno piú per me. Ma se non lo dice in giro è meglio».

# L'aiutante

«... Ma mi faccia un po' il piacere! Vuol mettere? Io no, io del mio destino non me ne sono mai lamentato, e del resto se mi lamentassi sarei una bestia, perché me lo sono scelto da me: volevo vedere dei paesi, lavorare con gusto, e non vergognarmi dei soldi che guadagno, e quello che volevo l'ho avuto. Si capisce che c'è il pro e il contro, e lei che ha famiglia lo sa bene; appunto, uno non si può fare una famiglia, e neanche degli amici. O magari uno se li fa, gli amici, ma durano quanto dura il cantiere: tre mesi, quattro, sei al massimo, poi si torna a prendere l'aereo... A proposito, qui lo chiamano il samuliòt, lo sapeva? Mi è sempre sembrato un bel nome, mi fa pensare ai cipollini di casa nostra. Sí, ai siulòt, e ai scimmiotti; ma non anticipiamo. A prendere l'aereo, le stavo dicendo, e chi s'è visto s'è visto. O non te ne importa niente, e allora vuol dire che non erano amici sul serio; o lo erano, e allora dispiace. E con le ragazze è lo stesso, anzi peggio perché non si può star senza, e vedrà che un giorno o l'altro resto panato».

Faussone mi aveva invitato a prendere il tè nella sua camera. Era monastica, e in tutto identica alla mia, fino ai dettagli: identici il paralume, il copriletto, la carta da parati, il lavabo (che anzi gocciolava proprio come il mio), la radiolina senza sintonizzatore sulla mensola, il cavastivali, perfino la ragnatela sopra l'angolo della porta. Io però la occupavo solo da pochi giorni, e lui da tre mesi: aveva attrezzato una cucinetta in un armadio a muro, aveva

appeso al soffitto un salame e due ghirlande d'aglio, e ap-
piccicato alle pareti una veduta di Torino ripresa dall'aereo
e una foto della squadra granata, tutta coperta di firme.
Non era molto, come penati, ma io non avevo neppure
quelli, e mi sentivo piú a casa in camera sua che nella mia.
Quando il tè è stato pronto, me l'ha offerto con garbo
ma senza vassoio, e mi ha consigliato, anzi prescritto, di
aggiungerci della vodca, almeno metà e metà: «cosí poi
dorme meglio». Ma in quella foresteria sperduta si dormiva bene comunque: di notte si assaporava un silenzio
totale, primigenio, rotto soltanto dal respiro del vento e
dal singhiozzo di un imprecisato uccello notturno.

«Bene. L'amico che a lasciarlo mi ha fatto piú magone,
quando le dico chi è stato, lei fa un salto cosí. Perché prima di tutto mi ha messo nei guai mica male; secondo poi,
perché non era neppure un cristiano: appunto, era una
scimmia».

Il salto non l'ho fatto: per un'antica abitudine al controllo, a far sí che le seconde reazioni precedano le prime,
ma anche perché il prologo di Faussone aveva smussato
la punta della sorpresa; devo averlo già detto che non è un
gran raccontatore e riesce meglio in altri campi. D'altronde
non c'era poi molto da stupirsi: chi non lo sa che i piú
grandi amici degli animali, i piú bravi a comprenderli e ad
esserne compresi, sono proprio i solitari?

«Per una volta, non era una gru. Di storie di montaggi
di gru ne avrei ancora una quantità, ma poi uno finisce che
diventa noioso. Quella volta lí era un derrick. Lo sa cosa
è un derrick?»

Non ne avevo che un'idea libresca: sapevo che sono
torri in traliccio, e che servono a perforare i pozzi di petrolio, o forse anche ad estrarre il petrolio stesso; viceversa,
se l'informazione gli poteva interessare, ero in grado di
dargli notizie precise sull'origine del nome. Il signor Derryck, uomo esperto, coscienzioso e pio, era vissuto a Londra verso la fine del Cinquecento ed era stato per molti

anni carnefice di Sua Maestà Britannica; tanto coscienzioso, e tanto innamorato della sua professione, che si studiò costantemente di perfezionarne gli strumenti. Verso la fine della sua carriera mise a punto una forca di modello nuovo, in traliccio, alta e snella, affinché l'appeso «alto e corto» potesse essere visto di lontano: essa venne chiamata «Derryck gallows», e poi piú brevemente «derrick». In seguito, per analogia, il nome fu esteso ad altre strutture, tutte in traliccio, destinate ad usi piú oscuri. Per questa via il signor Derryck giunse a quella particolare e rarissima forma d'immortalità che consiste nel perdere la maiuscola iniziale del proprio cognome: onore questo che è condiviso da non piú di una dozzina di uomini illustri di tutti i tempi. Continuasse pure nel suo racconto.

Faussone ha incassato senza batter ciglio la mia frivola intromissione. Aveva però assunto un'aria distante, forse messo a disagio dall'aver io usato il passato remoto come si fa quando si è interrogati di storia. Poi ha proseguito:

«Sarà ben cosí: io però avevo sempre pensato che la gente la impiccassero basta che sia. Ogni modo, quello era un derrick niente di speciale, una ventina di metri, un derrick di perforazione, di quelli che se non si trova niente uno poi li smonta e se li porta in un altro posto. A regola, nelle mie storie fa sempre o troppo caldo o troppo freddo; ebbene, quella volta lí era in una radura in mezzo a un bosco, e non faceva né freddo né caldo, ma invece pioveva tutto il tempo. Pioveva tiepido, e non si può neanche dire che facesse dispiacere, perché docce in giro non ce n'era. Uno fa che spogliarsi, con solo addosso le mutandine, come fanno quelli del paese, e se piove lascia che piova.

Come montaggio, era roba da ridere: non ci sarebbe neppure stato bisogno di un montatore con tutte le carte in regola, bastava un manovale che non patisse tanto le vertigini. Ne avevo tre, di manovali, ma che laiani, Dio bono! Magari erano denutriti, sarà benissimo, ma erano solo buoni a battere la lana dal mattino alla sera; a parlargli non rispondevano neanche, sembravano indormiti. Sta di fatto che a me mi toccava di pensare un po' a tutto: al gruppo elettrogeno, ai collegamenti, perfino a farmi un po' di cucina la sera nella baracca. Ma quello che mi preoccupava piú che tutto era quello che chiamano l'equipaggio, che io non credevo che fosse cosí complicato. Sa bene, quel traffico con tutte le pulegge e la vite senza fine, quello per far scendere la fresa frontale, che poi montare quello è un lavoro che non sarebbe neanche della mia partita. Sembra niente, ma dentro c'è tutto il coso per l'avanzamento, che è l'elettronico e si regola da sé, e i comandi per le pompe del fango; e dalla parte di sotto si avvitano i tubi d'acciaio che scendono nel pozzo uno dietro l'altro; insomma tutto un cine che di regola uno lo vede... sí appunto solo al cine, in quei film del Texas. Non per dire, è un bel lavoro anche quello; io non mi facevo l'idea, ma si va giú magari anche cinque chilometri, e neanche detto poi che il petrolio ci sia».

Dopo il tè con la vodca, poiché la storia di Faussone non accennava ancora a decollare, io ho cautamente accennato a un formaggio fermentato e a certi salamini ungheresi che stavano nella mia camera. Lui non ha fatto complimenti (non ne fa mai: dice che non è il suo stile), e cosí il tè si è andato trasformando in una merenda cenatoria, mentre la luce aranciata del tramonto virava al viola luminoso di una notte settentrionale. Contro il cielo di ponente si stagliava netta una lunga ondulazione del terreno, e al di sopra di questa, parallela e bassa, correva una nuvola sottile e nera, come se un pittore si fosse pentito di un suo tratto, e lo avesse ripetuto poco sopra. Era una nuvola strana: ne abbiamo discusso, poi Faussone mi ha convinto, era la polvere sollevata da una mandria lontana nell'aria senza vento.

«Io non saprei dirle perché tutti i lavori che ci tocca fare a noi siano sempre in dei posti balordi: o caldi, o gelati, o troppo asciutti, o che ci piove sempre, come appunto quello che sono in cammino di raccontarle. Forse è solo che noi siamo male abituati, noi dei paesi civili, e se ci capita di finire in un posto un po' fuorivia ci sembra subito la fine del mondo. E invece, dappertutto c'è gente che al suo paese ci sta bene e non farebbe cambio con noi. Questione d'abitudine.

Allora, in quel paese che le dicevo la gente non è facile farci amicizia. Noti che contro i mori io non avrei niente da dire, e da tante altre parti ne ho trovati di quelli che erano piú in gamba di noi, ma laggiú era tutta un'altra razza. Sono dei gran pelandroni e dei contastorie. L'inglese lo parlano in pochi; la loro lingua io non la capisco; vino niente, non sanno neanche cosa sia; delle loro donne sono gelosi, e parola che hanno torto, perché sono piccole, con le gambe corte, e lo stomaco che gli arriva fino qui. Mangiano delle robe che fanno fino senso, e non insisto perché stiamo facendo cena. Insomma, se le dico che laggiú il solo amico che sono riuscito a farmi è stato uno scimmiotto, mi deve credere che non avevo nessun'altra alternativa. Come scimmiotto non era neanche tanto bello, era uno di quelli con la pelliccia intorno alla testa e la faccia da cane.

Era curioso, veniva a vedermi lavorare, e mi ha subito mostrato una cosa. Le ho detto che pioveva sempre: bene, lui si sedeva a prendere la pioggia in un modo speciale, con i ginocchi sollevati, la testa sui ginocchi, e le mani intrecciate sulla testa. Ho fatto caso che in quella posizione aveva i peli pettinati tutti verso l'ingiú, di modo che non si bagnava quasi niente: l'acqua gli colava via dai gomiti e dal didietro, e la pancia e la faccia restavano asciutte. Ho provato anch'io, per riposarmi un poco fra un bullone e l'altro, e devo dire che se uno non ha il paracqua è la maniera migliore».

Credevo che scherzasse, e gli ho promesso che, se mai mi fossi trovato anch'io nudo sotto una pioggia tropicale, avrei assunto la posizione dello scimmiotto, ma ho subito colto un suo sguardo indispettito. Faussone non scherza mai; se lo fa, scherza con una pesantezza da testuggine; e non accetta scherzi altrui.

«Si annoiava. In quella stagione le femmine stanno tutte insieme in un branco, con un vecchio maschio ben piantato che le guida e gli fa l'amore a tutte, e guai se vede uno dei scimmiotti giovani che si avvicina: gli salta addosso e lo graffia. Io la capivo bene la sua situazione perché era un po' come la mia, ben che io ero senza femmine per degli altri motivi. Lei capisce che quando si è cosí, soli in due, e con la stessa malinconia, si fa presto a fare amicizia».

Un pensiero mi ha attraversato la mente: di nuovo eravamo soli in due, e con addosso la malinconia. Ero subentrato allo scimmiotto, ed ho percepito una rapida ondata di affetto per quel mio con-sorte lontano, ma non ho interrotto Faussone.

«... solo che lui non aveva un derrick da montare. Il primo giorno stava solo lí a guardare, sbadigliava, si grattava la testa e la pancia cosí, con le dita molli molli, e mi mostrava i denti: non è come i cani, per loro mostrare i denti è segno che vogliono fare amicizia, però ci ho messo qualche giorno a capirlo. Il secondo giorno faceva la ronda intorno alla cassetta dei bulloni, e siccome io non lo mandavo via ne prendeva uno in mano ogni tanto, e lo provava coi denti per vedere se era buono da mangiare. Il terzo giorno aveva già imparato che ogni bullone va col suo dado, e non si sbagliava quasi piú: il mezzo pollice col mezzo pollice, il tre ottavi col tre ottavi e cosí via. Però non ha mai capito bene che tutti i filetti sono destri. Neanche dopo non l'ha mai capito; provava cosí, come viene viene, e quando gli andava bene e il dado si invitava, allora saltava su e giú, batteva le mani per terra, faceva dei versi e sembrava contento. Lo sa che è proprio un peccato che anche noi montatori non abbiamo quattro mani come loro, e magari anche la coda? Mi faceva un'invidia da morire: quando ha preso un po' di confidenza veniva su per il traliccio come un fulmine, si attaccava alle traverse coi piedi, a testa in giú, e in quella posizione invitava i bulloni e mi faceva le smorfie.

Basta, io sarei stato tutto il giorno a guardarlo, ma c'era la scadenza, mica storie. Io mi arrangiavo di portare avanti il lavoro fra una piovata e l'altra, col poco aiuto che mi davano i miei tre manovali imbranati. Lui sí che mi avrebbe potuto aiutare, ma era come un bambino, lo prendeva come un gioco, come una dimora. Non c'era verso. Dopo qualche giorno io gli facevo segno di portarmi su le traverse giuste, e lui volava giú e poi su, e mi portava sempre soltanto quelle della cima, che erano dipinte di rosso per via degli aerei. Erano anche le piú leggere: si vede che aveva cognizione, voleva giocare ma non fare troppa fatica. Ma non creda mica, non è che i tre mori combinassero molto di piú, perché almeno lui non aveva paura di cascare.

Dài oggi dài domani sono arrivato a piazzare il gruppo di tiro, e quando ho provato i due motori lui da principio si è un poco spaventato per via del rumore e di tutte quelle rotelle che si muovevano da sole. Io a questo punto gli avevo dato un nome: lo chiamavo e lui veniva. Anche perché ogni tanto gli davo una banana, ma insomma veniva. Poi ho montato il quadro di comando, e lui stava a guardare che sembrava incantato. Quando si accendevano quei lumini rossi e verdi mi guardava come se volesse chiedermi tutti i perché, e se io non gli davo da mente piangeva come un bambino piccolo. Bene, qui, poco da dire, la colpa è stata mia. L'avevo pure visto che quel trucco dei bottoni gli piaceva un po' troppo. Vuol dire? Sono stato cosí asino che proprio l'ultima sera non ho pensato che era meglio svitare i fusibili».

Si stava avvicinando un disastro. Stavo per domandare a Faussone come avesse potuto commettere una dimenticanza cosí grave, ma mi sono trattenuto per non guastare il suo racconto. Infatti, come c'è un'arte di raccontare, solidamente codificata attraverso mille prove ed errori, cosí c'è pure un'arte dell'ascoltare, altrettanto antica e nobile, a cui tuttavia, che io sappia, non è stata mai data norma. Eppure, ogni narratore sa per esperienza che ad ogni narrazione l'ascoltatore apporta un contributo decisivo: un pubblico distratto od ostile snerva qualsiasi conferenza o lezione, un pubblico amico la conforta; ma anche l'ascoltatore singolo porta una quota di responsabilità per quell'opera d'arte che è ogni narrazione: se ne accorge bene chi racconta al telefono, e si raggela, perché gli mancano le reazioni visibili dell'ascoltatore, che in questo caso è ridotto a manifestare il suo eventuale interesse con qualche monosillabo o grugnito saltuario. È anche questa la ragione principale per cui gli scrittori, ossia coloro che raccontano ad un pubblico incorporeo, sono pochi.

«... no, non è riuscito a fracassarlo del tutto, ma ci è mancato poco. Mentre io ero lí che trafficavo con i contatti, perché sa, io non sono un elettricista, ma un montatore bisogna che si disbrogli dappertutto; e specie dopo, quando provavo i comandi, lui non perdeva una mossa. E il giorno dopo era domenica, e il lavoro era finito, e un giorno di riposo ci voleva. Insomma, quando viene lunedí e torno sul cantiere, il traliccio era come se uno gli avesse dato una sberla: ancora in piedi, ma tutto storto, e col gancio impegnato nel basamento, come l'ancora di un bastimento. E lui era lí seduto e mi aspettava, mi aveva sentito arrivare con la moto: era tutto fiero, chissà cosa si credeva di aver fatto. Io ero ben sicuro che l'equipaggio lo avevo lasciato tirato su: ma lui doveva averlo fatto scendere, che appunto bastava premere un bottone, e il sabato me lo aveva visto fare tante volte; e poi garantito che ci aveva fatto l'altalena, anche se pesava dei bei quintali. E facendo l'altalena doveva aver mandato il gancio a chiudersi su un longherone, perché era uno di quei ganci di sicurezza, col moschettone e la molla, che se si chiudono non si riaprono piú: vede a cosa servono delle volte certe sicurezze. Alla fine, forse aveva capito che stava combinando un guaio, e aveva premuto il bottone della risalita; o forse solo cosí per caso.

Tutto il traliccio si era messo in tensione, che a pensarci mi viene freddo ancora adesso; tre o quattro traverse avevano ceduto, tutta la torre si era svirgolata, e fortuna che poi era scattato l'automatico, altrimenti addio al suo boia di Londra».

«Allora non era un guasto cosí grave?» Appena formulata la domanda, dallo stesso suono trepido con cui l'avevo pronunciata, mi sono accorto che tenevo per lui, per lo scimmiotto avventuroso, che probabilmente aveva cercato di emulare i portenti che aveva visti compiere dal suo silenzioso amico uomo.

«Dipende. Quattro giorni di lavoro per le riparazioni, e un bel po' di soldi come penalità. Ma mentre io ero lí che tribolavo a raddrizzare tutto, lui aveva cambiato faccia; era mucco mucco, teneva la testa insaccata fra le spalle, guardava tutto da una parte, e se io mi avvicinavo scappava via: forse aveva paura che io lo graffiassi, come il maschio vecchio, il padrone delle femmine... Beh, cos'aspetta ancora? È finita, la storia del derrick. L'ho rimesso dritto, ho fatto fare tutte le verifiche, ho fatto le valige e me ne sono andato. Il scimmiotto, ben che aveva fatto quel guaio, avrei voluto portarmelo dietro, ma poi ho pensato che qui da noi sarebbe venuto tisico, che alla pensione non me lo tenevano, e che per le mie zie sarebbe stato un bel cadò; e del resto, vigliacco se si è piú fatto vedere».

«No, che diamine: dove mi mandano vado, anche in Italia, si capisce, ma in Italia mi mandano di rado perché io so il mestiere troppo bene. Non pensi male, è che io mica per dire me la so sbrogliare piú o meno in tutte le situazioni, e allora preferiscono mandarmi all'estero, e in giro per l'Italia mandano i giovani, i vecchi, quelli che hanno paura che gli venga l'infarto, e i pelandroni. Del resto anch'io preferisco: per vedere il mondo, che se ne impara sempre una, e per stare lontano dal mio caposervizio».

Era domenica, l'aria era fresca e profumata di resina, il sole non tramontava mai, e noi due ci eravamo messi in cammino attraverso la foresta con l'intenzione di raggiungere il fiume prima del buio: quando cessava il fruscio del vento tra le foglie morte se ne udiva la voce poderosa e tranquilla, che sembrava venire da tutti i punti dell'orizzonte. Si sentiva anche, a intervalli, ora vicino ed ora lontano, un martellio tenue ma frenetico, come se qualcuno stesse tentando di conficcare nei tronchi dei minuscoli chiodi con dei minuscoli martelli pneumatici: Faussone mi ha spiegato che erano picchi verdi, e che ci sono anche dalle nostre parti, ma sparargli è proibito. Gli ho chiesto se quel suo caposervizio era davvero cosí insopportabile da indurlo a fuggirsene a migliaia di chilometri pur di non vederlo, e lui mi ha risposto che no, che era anzi abbastanza bravo: questo termine, nel suo linguaggio, ha un significato vasto, equivalendo cumulativamente a remissivo, gentile, esperto, intelligente e coraggioso.

«... ma è uno di quelli che mostrano ai gatti a rampicare, non so se rendo l'idea. Tiene caldo, insomma: non ti lascia la tua indipendenza. E se uno sul lavoro non si sente indipendente, addio patria, se ne va tutto il gusto, e allora uno è meglio se va alla Fiat, almeno quando torna a casa si mette le pantofole e va a letto con la moglie. È una tentazione, sa: è un rischio, specie se ti sbattono in certi paesi. No, non questo: qui son rose e fiori. È una tentazione, le dicevo, quella di mettere berta in sacco, maritarsi e farla finita con la vita dello zingaro. Eh sí, è proprio una tentazione», ha ripetuto meditabondo.

Era chiaro che all'enunciato teorico sarebbe seguito un esempio pratico. Infatti, dopo qualche minuto ha ripreso:

«Eh già, come le stavo dicendo, quella volta il caposervizio mi ha mandato me, in Italia, anzi, in bassa Italia, perché sapeva che c'erano delle difficoltà. Se vuol sentire la storia di un montaggio balordo, e io lo so che c'è gente che gode a sentire le disgrazie degli altri, allora senta questa: perché un montaggio compagno non mi è successo mai piú, e non glielo auguro a nessun montatore. Prima di tutto, per via del committente. Bravo anche lui, non creda, che mi offriva dei desinari da dio, e fino un letto col baldacchino in cima, perché aveva voluto a tutti i costi che io andassi a dormire a casa sua: ma del lavoro non ne capiva un accidente, e lei lo sa che non c'è niente di peggio. Lui era nei salami e si era fatto i soldi, o forse glieli aveva dati la cassa del mezzogiorno, non glielo saprei dire; sta di fatto che si era piantato in testa di mettersi a fare i mobili metallici. Ci sono solo i folli che credono che un cliente merlo è meglio, perché cosí fai quello che vuoi: è tutto il contrario, un cliente merlo non fa che darti grane. Non ha l'attrezzaggio, non ha le scorte, al primo guaio gli saltano i nervi e vuole impugnare il contratto, e quando invece le cose vanno bene te la conta lunga e ti fa perdere tempo. Beh quello almeno era cosí, e io ero come fra il martello e l'incudine, perché dall'altra parte del telex c'era il mio caposervizio che mi cavava il fiato. Mi faceva un telex ogni due ore, per avere l'avanzamento del lavoro. Lei deve sapere che i capo-servizio, quando hanno passato una certa età, ognuno ha la sua mania, almeno una: e il mio ne aveva diverse. La pri-ma e la piú grossa, gliel'ho già detto, era quella di voler fare tutto lui, come se un montaggio uno potesse farlo stan-do seduto dietro alla scrivania, o attaccato al telefono o al-la telescrivente, si immagini un po'! Un montaggio è un la-voro che ognuno se lo deve studiare da sé, con la sua testa, e ancora meglio con le sue mani: perché sa, le cose, a ve-derle da una poltrona oppure da un traliccio alto quaranta metri, fa differenza. Ma poi ne aveva anche d'al-tre, di manie. I cuscinetti, per esempio; lui voleva solo quelli svedesi, e se veniva a sapere che su un lavoro qual-cuno ne aveva montati degli altri veniva di tutti i colori e saltava alto cosí, che poi invece di regola era uno tranquil-lo: e sono solo storie, perché su lavori come quello che le sto raccontando, che era poi un nastro trasportatore, lungo ma lento e leggero, stia sicuro che tutti i cuscinetti vanno bene, anzi, andrebbero bene fino le boccole di bronzo che faceva il mio padrino, una per una, a forza di olio di gomito, per la Diatto e la Prinetti, nella boita di via Gasometro. Lui la chiamava cosí, ma adesso si chiama via Camerana.

Poi, essendo che era ingegnere, aveva anche la mania del-le rotture a fatica, le vedeva dappertutto e credo che se le sognava anche di notte. Lei che non è del ramo forse non sa neanche che cosa sono: ebbene, sono una rarità, io in tut-ta la mia carriera di rotture a fatica garantite non ne ho viste neanche una, ma quando si spacca un pezzo, padroni, diret-tori, progettisti e capi officina sono sempre tutti d'accordo, loro non ne possono niente, la colpa è del montatore, che è lontano e non si può difendere, o delle correnti vaganti, o della fatica, e loro se ne lavano le mani, o almeno provano. Ma non mi faccia perdere il filo: la piú strana delle manie di quel caposervizio era questa, lui era uno di quelli che se hanno da voltare la pagina di un libro prima si berliccano un dito. Io mi ricordo che la mia maestra della scuola elementare, il primo giorno di scuola, ci aveva insegnato che non bisogna per via dei microbi: si vede che la sua non glielo aveva insegnato, perché lui invece se lo leccava sempre. Bene, io ho fatto caso che si leccava il dito tutte le volte che faceva il gesto di aprire qualunque cosa: il cassetto della scrivania, una finestra, la porta della cassaforte. Una volta l'ho visto che si leccava il dito prima di aprire il cofano della Fulvia».

A questo punto mi sono accorto che non Faussone, ma io stavo perdendo il filo del racconto, fra il committente bravo ed inesperto e il caposervizio bravo e maniaco. L'ho pregato di essere piú chiaro e conciso, ma nel frattempo eravamo arrivati al fiume, e siamo rimasti per qualche attimo senza parola. Sembrava piuttosto un braccio di mare che non un fiume: scorreva con un fruscio solenne contro la nostra riva, che era un alto argine di terra friabile e rossiccia, mentre l'altra riva si intravvedeva appena. Contro la sponda si rompevano piccole onde trasparenti e pulite.

«Mah, può essere che io mi sia perso un po' nei particolari, ma le assicuro che è stato un lavoro balordo. Intanto, mica per dire, ma le maestranze del posto erano tutte cefole: forse erano bravi a menare la zappa, ma non ci metterei la mano sul fuoco, perché a me pareva che dessero piuttosto sul genere lanuto; tutti i momenti si mettevano in mutua. Ma il peggio era per il materiale: la bulloneria che si trovava su piazza, primo c'era poco assortimento, secondo faceva schifo ai cani: roba compagna non ne avevo mai vista, non dico in questo paese, che per essere grossieri non scherzano, ma neppure quella volta in Africa che le ho raccontato. E per i basamenti, stesso discorso: sembrava che le misure le avessero prese a branche; tutti i giorni la stessa musica, martello, scalpello, piccone, spaccare tutto e giú cemento a pronta. Io mi attaccavo alla telescrivente, perché anche il telefono funzionava solo quando voleva, e dopo un quarto d'ora la macchinetta si metteva a battere fitto fitto come fanno le telescriventi, che sembra che abbiano sempre fretta, anche quando scrivono delle coglionate, e sul foglio si leggeva: "Malgrado ns. raccomandazioni avete evidentemente impiegato materiale di origine sospetta", o qualche altra gofferia del genere che c'entrava come i cavoli a merenda, e io mi sentivo venire il latte ai gomiti. Guardi che non è un modo di dire, si sentono proprio i gomiti venire molli molli, e anche i ginocchi, le mani pendere e dondolare come le poppe di una vacca, e viene voglia di cambiare mestiere. A me è successo diverse volte, ma quella volta lí piú che tutte le altre, e sí che ho visto le mie. A lei non le è mai capitato?»

Eh, come no! Ho spiegato a Faussone che, almeno in tempo di pace, è quella una delle esperienze fondamentali della vita: sul lavoro e non solo sul lavoro. È probabile che, magari in altre lingue, quest'alluvione lattea, che interviene a debilitare e ad impedire l'uomo fabbro, possa venire descritta con immagini piú poetiche, ma nessuna fra quelle che io conosco è altrettanto vigorosa. Gli ho fatto notare che, per provarla, non c'è bisogno di avere un caposervizio noioso.

«Sí, ma quello, lasci perdere, avrebbe fatto scappare la pazienza a un santo. Mi creda, non è che io ci prenda gusto a leggergli la vita, perché gliel'ho detto che non era cattivo: è che mi toccava proprio nel mio punto debole, nel gusto del lavoro. Avrei avuto piú caro che mi avesse dato una multa, non so, magari una sospensione, piuttosto di quelle paroline messe lí come per caso, ma che quando poi uno ci pensa sopra si accorge che portano via il pelo. Insomma, come se tutti gli intoppi di quel lavoro, e mica solo di quello, fossero stati colpa mia, perché non avevo voluto mettere i cuscinetti svedesi, e invece io li avevo proprio messi, erano mica soldi miei, ma lui non ci credeva, oppure faceva mostra di non crederci: basta, dopo ogni telefonata mi sentivo come un criminale, e sí che in quel lavoro ci avevo messo l'anima. Ma io l'anima ce la metto in tutti i lavori, lei lo sa, anche nei piú balordi, anzi, con piú che sono balordi, tanto piú ce la metto. Per me, ogni lavoro che incammino è come un primo amore».

Nella dolce luce del tramonto avevamo preso la via del ritorno, lungo un sentiero appena segnato nel folto della foresta. Contro ogni sua abitudine, Faussone si era interrotto, e camminava silenzioso al mio fianco, con le mani dietro la schiena e gli occhi fissi al suolo. L'ho visto due o tre volte prendere fiato e aprire la bocca come se stesse per ricominciare a parlare, ma sembrava indeciso. Ha ripreso solo quando eravamo ormai in vista della foresteria:

«Vuole che gliene dica una? Per una volta, quel capo-servizio aveva ragione. Aveva quasi ragione. Era vero che su quel lavoro c'erano delle difficoltà, che non si trovava il materiale, che il commendatore, sí, quello dei salami, invece di darmi una mano mi faceva perdere tempo. Era anche vero che non c'era uno dei manovali che valesse due soldi; ma se il lavoro veniva avanti malamente, e con tutti quei ritardi, la colpa era anche un po' mia. Anzi, era di una ragazza».

Lui, veramente, aveva detto «'na fija», ed infatti, in bocca sua, il termine «ragazza» avrebbe suonato come una forzatura, ma altrettanto forzato e manierato suonerebbe «figlia» nella presente trascrizione. La notizia, comunque, era sorprendente: in tutti gli altri suoi racconti Faussone aveva posto il suo vanto nel presentarsi come un refrattario, un uomo dagli scarsi interessi sentimentali, uno, appunto, «che non corre appresso alle figlie», ed a cui le figlie invece corrono dietro, ma lui non se ne cura, si prende questa o quella senza darle peso, se la tiene finché dura il cantiere e poi la saluta e parte. Mi sono fatto attento e teso.

«Sa, sulle ragazze di quelle terre si raccontano un mucchio di storie, che sono piccole, grasse, gelose, e buone solo a fare dei figli. Quella ragazza che le dicevo era alta come me, coi capelli castani che erano quasi rossi, dritta co-

me un fuso e ardita come ne ho viste poche. Portava il carrello a forche, anzi, è proprio cosí che ci siamo incontrati.
Accosto al nastro che io stavo montando c'era la pista per
i carrelli: ce ne passavano due giusti giusti. Vedo venire
giú un carrello guidato da una ragazza, con un carico di profilati che sporgeva un poco, e in su venire un altro carrello
vuoto, anche quello guidato da una ragazza: chiaro che in-
crociarsi non potevano, bisognava che uno dei due facesse
marcia indietro fino a uno slargo, oppure che la ragazza dei
profilati posasse il carico e lo sistemasse meglio. Niente: si
piantano lí tutte e due e cominciano a dirsene di tutte le tin-
te. Io ho capito subito che fra di loro ci doveva essere della
ruggine vecchia, e mi sono messo lí con pazienza a aspettare che avessero finito: perché anch'io dovevo passare, avevo uno di quei carrellini che si guidano dal timone, carico
dei famosi cuscinetti, che Dio liberi se avesse dato il giro
e il mio caposervizio lo avesse saputo.

Basta, aspetto cinque minuti, poi dieci, niente, quelle
continuavano come se fossero state in piazza. Litigavano nel
loro dialetto, ma si capiva quasi tutto. A un certo punto io
mi sono fatto sotto, e gli ho chiesto se per piacere mi facevano passare: quella piú grande, che era poi la ragazza
che le dicevo prima, si volta e mi fa tutta tranquilla: "Aspet-
tate un momento, non abbiamo ancora finito"; poi si gira
verso quell'altra, e cosí, a sangue freddo, gliene tira giú
una che non mi oso di ripetergliela, ma le giuro che mi ha
fatto venire i capelli all'umberta. "Ecco", mi fa "ora passate pure", e dicendo cosí se ne parte a marcia indietro a
tutta velocità, facendo la barba alle colonne, e anche ai mon-
tanti del mio nastro, che io mi sentivo venire freddo. Arrivata che è stata al corridoio di testa, ha preso la curva che
neanche Nichi Lauda, sempre a marcia indietro, e invece di guardarsi dietro mi guardava me. "Cristo", penso io
tra di me, "questa è un diavolo scatenato": ma l'avevo già
bell'e capito che tutto quel cine lo faceva per me, e poco
tempo dopo ho anche capito che lo faceva apposta, a fare

tanto la malgraziosa, perché era diversi giorni che mi stava lí a guardare mentre che io mettevo le mensole in bolla d'aria...»

L'espressione mi suonava strana, ed ho chiesto un chiarimento. Faussone, impermalito, mi ha spiegato in poche parole dense che la bolla d'aria è solo una livella, che appunto ha dentro un liquido con una bolla d'aria. Quando questa coincide con il contorno di riferimento, la livella è orizzontale, e lo è anche il piano su cui la livella appoggia.

«Noi diciamo soltanto per esempio "metti quel supporto in bolla d'aria", e ci capiamo fra di noi; ma mi lasci andare avanti, perché la storia della ragazza è piú importante. Insomma, lei aveva capito me, cioè che a me mi va la gente decisa e che sa fare il suo mestiere, e io avevo capito che lei, alla sua maniera, mi stava dietro e cercava di attaccare discorso. Poi l'abbiamo attaccato, il discorso, non c'è stata nessuna difficoltà, voglio dire che siamo andati a letto insieme, tutto regolare, niente di speciale; ma ecco, una cosa gliela volevo dire: che il momento piú bello, quello che uno si dice "questo non me lo dimentico mai piú, finché vengo vecchio, finché tiro gli ultimi", e vorrebbe che il tempo si fermasse lí come quando un motore s'ingrippa: bene, non è stato quando siamo andati a letto, ma prima. È stato alla mensa della fabbrica del commendatore: ci eravamo seduti vicini, avevamo finito di mangiare, parlavamo del piú e del meno, anzi, mi ricordo perfino che io le stavo raccontando del mio caposervizio e della sua maniera di aprire le porte, e ho tastato la panca alla mia destra, e c'era la sua mano, e io l'ho toccata con la mia, e la sua non se n'è andata e si lasciava carezzare come un gatto. Parola, tutto il resto che è venuto dopo è stato anche abbastanza bello, ma conta di meno».

«E adesso?»

«Ma insomma, lei vuole proprio sapere tutto», mi ha risposto Faussone, come se a chiedergli di raccontare la storia della carrellista fossi stato io. «Cosa vuole bene che le dica: è un tira e molla. Sposarla, non la sposo: primo per il mio mestiere, secondo perché... sí, insomma, prima di maritarsi uno bisogna che ci pensi sopra quattro volte, e prendersi una ragazza come quella, brava, poco da dire, ma furba come una strega, bene, non so se mi spiego. Ma neanche a metterci una pietra sopra e a non pensarci piú non sono buono. Ogni tanto vado dal mio direttore e mi faccio mandare in trasferta in quel paese, con la scusa delle revisioni. Una volta è piombata qui a Torino, in ferie, con addosso i blugins tutti stinti sui ginocchi, in compagnia di un ragazzo di quelli con la barba fino negli occhi, e me l'ha presentato senza fare una piega: e neanche io l'ho fatta, una piega; sentivo come una specie di bruciacuore, qui alla bocca dello stomaco, ma non le ho detto niente perché i patti erano quelli. Però lo sa che lei è un bel tipo a farmi contare queste storie, che fuorivia di lei non le avevo mai contate a nessuno? »

Di regola non va cosí: di regola è lui che entra di prepotenza, che ha qualche avventura o disavventura da raccontare, e la snocciola tutta d'un fiato, in quella sua maniera trasandata a cui ormai ho fatto l'abitudine, senza lasciarsi interrompere se non per qualche breve richiesta di spiegazioni. Cosí avviene che si tende piuttosto al monologo che al dialogo, e per di piú il monologo è appesantito dai suoi tic ripetitivi, e dal suo linguaggio, che tira sul grigio; forse è il grigio delle nebbie del nostro paèse, o forse invece è quello delle lamiere e dei profilati che sono gli effettivi eroi dei suoi racconti.

Quella sera, invece, pareva che le cose si mettessero diversamente: lui aveva bevuto parecchio, e il vino, che era un brutto vino torbido, vischioso ed acidulo, lo aveva un poco alterato. Non lo aveva offuscato, e del resto (dice lui) uno che fa il suo mestiere non deve mai lasciarsi prendere di sorpresa, deve sempre stare all'erta come gli agenti segreti che si vedono al cine; non aveva velato la sua lucidità, ma lo aveva come spogliato, aveva incrinato la sua armatura di riserbo. Non lo avevo mai visto tanto taciturno, ma, stranamente, il suo silenzio avvicinava invece di allontanare.

Ha vuotato ancora un bicchiere, senza avidità né gusto, anzi, con la pervicacia amara di chi ingoia una medicina: «...ma cosí queste storie che io le racconto lei poi le scrive?» Gli ho risposto che forse sí: che non ero sazio di scrivere, che scrivere era il mio secondo mestiere, e che stavo meditando, proprio in quei giorni, se non sarebbe stato piú bello farlo diventare il mestiere primo o unico. Non era d'accordo che io le sue storie le scrivessi? Altre volte si era mostrato contento, o addirittura fiero.

«Già. Beh non ci faccia caso, sa, i giorni non sono mica tutti uguali, e oggi è una giornata rovescia, una di quelle che non ne va dritta una. C'è delle volte che uno gli va via perfino la volontà di lavorare». Ha taciuto a lungo, poi ha ripreso:

«Eh sí, c'è dei giorni che tutto va per traverso; e si ha un bel dire che uno non ci ha colpa, che il disegno è imbrogliato, che uno è stanco e che per giunta tira un vento del diavolo: tutte verità, ma quel magone che uno si sente qui, quello non glielo toglie nessuno. E allora uno si domanda magari fino delle domande che hanno nessun senso, come per esempio che cosa ci stiamo nel mondo a fare, e se uno ci pensa su non si può mica rispondere che stiamo al mondo per montare tralicci, dico bene? Insomma, quando lei tribola dodici giorni, ci mette tutti i sette sentimenti e tutte le malizie, suda, gela e cristona, e poi gli vengono dei sospetti, e cominciano a rosicare, e lei controlla, e il lavoro è fuori quadro, e quasi non ci crede perché non ci vuole credere, ma poi ricontrolla e poco da fare tutte le quote sono imballate, allora, caro lei, come la mettiamo? Allora per forza che uno cambia mentalità, e comincia a pensare che non c'è niente che valga la pena, e gli piacerebbe fare un altro lavoro, e insieme pensa che tutti i lavori sono uguali, e che anche il mondo è fuori quadro, anche se adesso andiamo sulla luna, e è sempre stato fuori quadro, e non lo raddrizza nessuno, e si figuri se lo raddrizza un montatore. Eh già, uno pensa cosí. ...Ma mi dica un po', capita anche a voialtri?»

Quanto è ostinata l'illusione ottica che ci fa sempre sembrare meno amare le cure del vicino e piú amabile il suo mestiere! Gli ho risposto che fare confronti è difficile; che tuttavia, avendo fatto anche mestieri simili al suo, gli dovevo dare atto che lavorare stando seduti, al caldo e a livello del pavimento, è un bel vantaggio; ma che, a parte questo, e supponendo che mi fosse lecito parlare a nome degli scrittori propriamente detti, le giornate balorde capitano anche a noi. Anzi: ci capitano piú sovente, perché è piú facile accertarsi se è «in bolla d'aria» una carpenteria metallica che non una pagina scritta; cosí può capitare che uno scriva con entusiasmo una pagina, o anche un libro intero, e poi si accorga che non va bene, che è pasticciato, sciocco, già scritto, mancante, eccessivo, inutile; e allora si rattristi, e gli vengano delle idee sul genere di quelle che aveva lui quella sera, e cioè mediti di cambiare mestiere, aria e pelle, e magari di mettersi a fare il montatore. Ma può anche capitare che uno scriva delle cose, appunto, pasticciate e inutili (e questo accade sovente) e non se ne accorga o non se ne voglia accorgere, il che è ben possibile, perché la carta è un materiale troppo tollerante. Le puoi scrivere sopra qualunque enormità, e non protesta mai: non fa come il legname delle armature nelle gallerie di miniera, che scricchiola quando è sovraccarico e sta per venire un crollo. Nel mestiere di scrivere la strumentazione e i segnali d'allarme sono rudimentali: non c'è neppure un equivalente affidabile della squadra e del filo a piombo. Ma se una pagina non va se ne accorge chi legge, quando ormai è troppo tardi, e allora si mette male: anche perché quella pagina è opera tua e solo tua, non hai scuse né pretesti, ne rispondi appieno.

A questo punto ho notato che Faussone, a dispetto dei fumi del vino e del suo malumore, si era fatto attento. Aveva smesso di bere, e mi guardava, lui che di solito ha una faccia gnecca, fissa, meno espressiva del fondo d'una padella, con un'aria fra maliziosa e maligna.

«Già, questo è un bel fatto. Non ci avevo mai pensato. Pensi un po', se per noi gli strumenti di controllo nessuno li avesse mai inventati, e il lavoro si dovesse mandarlo avanti cosí, a trucco e branca: ci sarebbe da venire matti».

Gli ho confermato che, in effetti, i nervi degli scrittori tendono ad essere deboli: ma è difficile decidere se i nervi si indeboliscano per causa dello scrivere, e della prima accennata mancanza di strumenti sensibili a cui delegare il giudizio sulla qualità della materia scritta, o se invece il mestiere di scrivere attragga preferenzialmente la gente predisposta alla nevrosi. È comunque attestato che diversi scrittori erano nevrastenici, o tali sono diventati (è sempre arduo decidere sulle «malattie contratte in servizio»), e che altri sono addirittura finiti in un manicomio o nei suoi equivalenti, non solo in questo secolo, ma anche molto prima; parecchi, poi, senza arrivare alla malattia conclamata, vivono male, sono tristi, bevono, fumano, non dormono piú e muoiono presto.

A Faussone il gioco del confronto fra i due mestieri incominciava a piacere; ammetterlo non sarebbe stato nel suo stile, che è sobrio e composto, ma lo si vedeva dal fatto che aveva smesso di bere, e che il suo mutismo si andava sciogliendo. Ha risposto:

«Il fatto è che di lavorare si parla tanto, ma quelli che ne parlano piú forte sono proprio quelli che non hanno mai provato. Secondo me, il fatto dei nervi che saltano, al giorno d'oggi, capita un po' a tutti, scrittori o montatori o qualunque altro commercio. Lo sa a chi non capita? Agli uscieri e ai marcatempo, quelli delle linee di montaggio; perché in manicomio ci mandano gli altri. A proposito di nervi: non creda mica che quando uno è lassú in cima, da solo, e tira vento, e il traliccio non è ancora controventato e è ballerino come una barchetta, e lei vede a terra le persone come le formiche, e con una mano sta attaccato e con l'altra mena la chiave a stella e le farebbe comodo di avere una mano numero tre per reggere il disegno e magari anche una mano numero quattro per spostare il moschettone della cintura di sicurezza; bene, le stavo dicendo, non creda mica che per i nervi sia una medicina. A dirle la verità, cosí su due piedi non le saprei dire di un montatore che sia finito in manicomio, ma so di tanti, anche miei amici, che sono venuti malati e hanno dovuto cambiare mestiere».

Ho dovuto ammettere che in effetti, sull'altro versante, le malattie professionali sono poche: anche perché, in generale, l'orario è flessibile.

«Vorrà dire che non ce n'è nessuna, – è intervenuto lui pesantemente: – Uno non può mica ammalarsi a forza di scrivere. Tutt'al più, se scrive con la biro, gli può venire un callo qui. E anche per gli infortuni, è meglio lasciar perdere».

Niente da dire, il punto lo aveva segnato lui: gliel'ho ammesso. Altrettanto cavallerescamente, Faussone, con un'inconsueta libertà di fantasia, è venuto fuori a dire che in fondo era come decidere se era meglio nascere maschio o femmina: la parola giusta l'avrebbe potuta dire solo uno che avesse fatto la prova in tutte e due le maniere; e a questo punto, pur rendendomi conto che si trattava di un colpo basso da parte mia, non ho potuto resistere alla tentazione di raccontargli la storia di Tiresia.

Ha mostrato un certo disagio quando gli ho riferito che Giove e Giunone, oltre che coniugi, erano anche fratello e sorella, cosa su cui di solito a scuola non si insiste, ma che in quel ménage doveva pure avere una qualche importanza. Invece ha manifestato interesse quando gli ho accennato alla famosa disputa fra di loro, se i piaceri dell'amore e del sesso fossero più intensi per la donna o per l'uomo: stranamente, Giove attribuiva il primato alle donne, e Giunone agli uomini. Faussone ha interrotto:

«Appunto, è come dicevo prima: per decidere, ci voleva uno che avesse provato che effetto fa a essere uomo e anche a essere donna; ma uno così non c'è, anche se ogni tanto si legge sul giornale di quel capitano di marina che va a Casablanca a farsi fare l'operazione e poi compera quattro figli. Per me sono balle dei giornalisti».

«Probabile. Ma a quel tempo pare che l'arbitro ci fosse: era Tiresia, un sapiente di Tebe, in Grecia, a cui molti anni

prima era successo un fatto strano. Era uomo, uomo come
me e come lei, e una sera d'autunno, che io mi immagino
umida e fosca come questa, attraversando una foresta, ha incontrato un groviglio di serpenti. Ha guardato meglio, e si è
accorto che i serpenti erano solo due, ma molto lunghi e
grossi: erano un maschio e una femmina (si vede che questo
Tiresia era un bravo osservatore, perché a distinguere un
pitone maschio da una femmina io non so proprio come si
faccia, specialmente di sera, e se sono aggrovigliati, che
non si vede dove finisce uno e dove incomincia l'altro), un
maschio e una femmina che stavano facendo l'amore. Lui,
o che fosse scandalizzato, o invidioso, o che semplicemente
i due gli sbarrassero il cammino, aveva preso un bastone
e aveva menato un colpo nel mucchio: bene, aveva sentito
come un gran rimescolio, e da uomo si era ritrovato donna».

Faussone, a cui le nozioni di origine umanistica mettono
addosso il morbino, mi ha detto sogghignando che una volta, e neanche tanto lontano dalla Grecia, cioè in Turchia,
anche lui aveva incontrato in un bosco un groviglio di serpenti: ma non erano due, erano tanti, e non pitoni, ma
biscie. Sembrava proprio che stessero facendo l'amore,
alla sua maniera, tutti intortigliati, ma lui non aveva niente
in contrario e li aveva lasciati stare: «però, adesso che la
machiavella la so, quest'altra volta che mi capita quasi quasi provo anch'io».

«Dunque, questo Tiresia pare che sia rimasto donna per
sette anni, e che anche come donna abbia fatto le sue prove,
e che passati i sette anni abbia di nuovo incontrati i serpenti; questa volta, sapendo il trucco, la bastonata gliel'ha
data a ragion veduta, e cioè per ritornare uomo. Si vede che,
tutto compreso, lo riteneva piú vantaggioso; tuttavia, in
quell'arbitrato che le dicevo, ha dato ragione a Giove, non
saprei dirle perché. Forse perché come donna si era trovato
meglio, ma solo limitatamente alla faccenda del sesso e non
per il resto, se no è chiaro che sarebbe rimasto donna, cioè
non avrebbe dato la seconda bastonata; o forse perché pen-

sava che a contraddire Giove non si sa mai cosa può succedere. Ma si era messo in un brutto guaio, perché Giunone si è offesa...»

«Eh già: fra moglie e marito...»

«... si è offesa e lo ha reso cieco, e Giove non ha potuto farci niente, perché pare che a quel tempo ci fosse questa regola, che i malanni che un dio combinava ai danni dei mortali, nessun altro dio, neppure Giove, li poteva cancellare. In mancanza di meglio, Giove gli ha concesso il dono di prevedere il futuro: ma, come si vede da questa storia, era troppo tardi».

Faussone giocherellava con la bottiglia e aveva un'aria vagamente seccata. «È abbastanza una bella storia. Se ne impara sempre una nuova. Ma non ho capito bene cosa c'entra: non vorrà venirmi a dire che Tiresia è lei?»

Non mi aspettavo un attacco diretto. Ho spiegato a Faussone che uno dei grandi privilegi di chi scrive è proprio quello di tenersi sull'impreciso e sul vago, di dire e non dire, di inventare a man salva, fuori di ogni regola di prudenza: tanto, sui tralicci che costruiamo noi non passano i cavi ad alta tensione, se crollano non muore nessuno, e non devono neppure resistere al vento. Siamo insomma degli irresponsabili, e non si è mai visto che uno scrittore vada sotto processo o finisca in galera perché le sue strutture si sono sfasciate. Ma gli ho anche detto che sí, forse me n'ero accorto solo raccontandogli quella storia, un po' Tiresia mi sentivo, e non solo per la duplice esperienza: in tempi lontani anch'io mi ero imbattuto negli dèi in lite fra loro; anch'io avevo incontrato i serpenti sulla mia strada, e quell'incontro mi aveva fatto mutare condizione donandomi uno strano potere di parola: ma da allora, essendo un chimico per l'occhio del mondo, e sentendomi invece sangue di scrittore nelle vene, mi pareva di avere in corpo due anime, che sono troppe. E che non stesse a sofisticare perché tutto questo paragone era stiracchiato: lavorare al limite della tolleranza, o anche fuori tolleranza, è il bello del nostro mestiere.

Noi, al contrario dei montatori, quando riusciamo una tolleranza a sforzarla, a fare un accoppiamento impossibile, siamo contenti e veniamo lodati.

Faussone, a cui in altre sere io ho raccontato tutte le mie storie, non ha sollevato obiezioni né ha fatto altre domande, e del resto l'ora era ormai troppo tarda per dare fondo alla questione. Tuttavia, forte della mia condizione di esperto in entrambe le veneri, e quantunque lui fosse visibilmente insonnolito, ho cercato di chiarirgli che tutti e tre i nostri mestieri, i due miei e il suo, nei loro giorni buoni possono dare la pienezza. Il suo, e il mestiere chimico che gli somiglia, perché insegnano a essere interi, a pensare con le mani e con tutto il corpo, a non arrendersi davanti alle giornate rovescie ed alle formule che non si capiscono, perché si capiscono poi per strada; ed insegnano infine a conoscere la materia ed a tenerle testa. Il mestiere di scrivere, perché concede (di rado: ma pure concede) qualche momento di creazione, come quando in un circuito spento ad un tratto passa corrente, ed allora una lampada si accende, o un indotto si muove.

Siamo rimasti d'accordo su quanto di buono abbiamo in comune. Sul vantaggio di potersi misurare, del non dipendere da altri nel misurarsi, dello specchiarsi nella propria opera. Sul piacere del veder crescere la tua creatura, piastra su piastra, bullone dopo bullone, solida, necessaria, simmetrica e adatta allo scopo, e dopo finita la riguardi e pensi che forse vivrà piú a lungo di te, e forse servirà a qualcuno che tu non conosci e che non ti conosce. Magari potrai tornare a guardarla da vecchio, e ti sembra bella, e non importa poi tanto se sembra bella solo a te, e puoi dire a te stesso «forse un altro non ci sarebbe riuscito».

«Sí, sono giovane, ma anch'io le ho viste grige, e sempre per via del petrolio. Non si è mai visto che il petrolio lo trovino in dei bei posti, non so, come San Remo o la Costa Brava; mai piú, sempre posti schifosi, dimenticati da Dio. Le piú brutte che ho passato le ho passate a cercare il petrolio; e oltre a tutto non è neppure che ci mettessi il cuore, perché tanto tutti lo sanno che sta per finire e non val neanche la pena. Ma sa bene com'è, quando hai fatto un contratto, dove ti mandano bisogna bene che ci vai; e poi, a dirle la franca verità, quella volta lí ci sono andato abbastanza volentieri, perché era in Alasca.

Io di libri non ne ho poi letti tanti, ma quelli di Jack London sull'Alasca me li sono letti tutti, fin da piccolo, e mica una volta sola, e mi ero fatto tutt'un'altra idea; però dopo che ci sono stato, scusi se glielo dico cosí sulla faccia, io della carta stampata ho incominciato a fidarmene poco. Insomma in Alasca io credevo di trovarci un paese tutto fatto di neve e di ghiaccio, di sole anche a mezzanotte, di cani che tirano le slitte e di miniere d'oro e magari anche di orsi e di lupi che ti corrono dietro. Era quella l'idea che me n'ero fatta, me la portavo dentro senza quasi accorgermi, e cosí quando mi hanno chiamato in ufficio e mi hanno detto che c'era da andare in Alasca a montare un impianto non ci ho pensato su due volte e ho messo la firma, anche perché c'era l'indennità della sede disagiata, e poi perché era già tre mesi che stavo in città, e a me, sa bene, stare in città non mi va. Cioè mi va per tre o quattro giorni, vado a spasso, magari anche al cine, vado a cercare una certa ragazza e la trovo, mi fa piacere rivederla e la porto a cena al Cambio e mi sento grandioso. Può anche capitare che vado a far visita a quelle due mie zie di via Lagrange che le ho detto l'altra volta...»

Non mi aveva detto di queste zie, o almeno non me le aveva descritte: avrei potuto giurarlo. Ne è nato un breve battibecco in cui ciascuno cercava garbatamente di insinuare che l'altro era stato poco attento, poi Faussone ha liquidato l'argomento alla spiccia:

«Non ha importanza. Sono due zie di chiesa, mi ricevono nel salotto buono e mi dànno i cioccolatini; una è furba e l'altra mica tanto furba. Ma gliele racconto poi quest'altra volta.

Allora le dicevo dell'Alasca, e che in città non mi trovo. Perché vede, io sono uno che non tiene il minimo. Sí, come quei motori col carburatore un po' starato, che se non stanno sempre su di giri si spengono, e allora c'è pericolo che si bruci la bobina. Dopo un po' di giorni mi vengono tutti i mali, mi sveglio di notte, mi sento come se mi dovesse venire il raffreddore e invece non arriva, mi viene come se mi dimenticassi di respirare, ho male alla testa e ai piedi, se vado in strada mi pare che tutti mi guardino, insomma mi sento sperso. Una volta sono fino andato dal dottore della mutua, ma mi ha preso in giro. E aveva ragione, perché cosa avevo lo sapevo da me, avevo voglia di partire: e allora quella volta che le dicevo ho firmato il contratto, non ho neanche fatto tante domande, mi sono contentato di sapere che era un lavoro nuovo, un progetto fatto in società con gli americani, e che le istruzioni me le avrebbero date sul cantiere. Cosí ho fatto che chiudere la valigia, perché ce l'ho sempre pronta, e ho preso l'aereo.

Niente da dire del viaggio; la faccenda del fuso orario una volta mi dava fastidio, ma adesso ci ho fatto l'abitudine, ho fatto i miei tre cambi, ho dormito in volo, e sono arrivato che ero fresco come una rosa: tutto andava per il suo verso, c'era il rappresentante che mi aspettava con una Chrysler che non finiva mai e io mi sentivo come lo Scià di Persia. Mi ha anche portato in un ristorante a mangiare gli srimp che sarebbero poi come dei gamberi, e mi ha detto che sono la specialità del paese; ma bere niente, mi ha spiegato che lui è di una religione che non devono bere, e mi ha fatto capire cosí con le buone maniere che era meglio se non bevevo neanche io per via dell'anima: era uno gentile, ma era fatto cosí. Tra un gambero e l'altro mi ha spiegato anche il lavoro che c'era da fare, e sembrava un lavoro come ce n'è tanti: ma sa bene come sono fatti tutti i rappresentanti, a baliare la gente sono bravi, ma argomento lavoro lasciamo perdere. Una volta mi è successo che mi sono perfino attaccato con uno, appunto perché non capiva niente e al cliente gli faceva delle promesse impossibili; e sa cosa mi ha detto? Che un lavoro come il nostro si può capire bene, capire poco e capire niente; ma capirlo bene bisognerebbe essere tutti ingegneri, e piuttosto che capirlo poco è piú distinto capirlo niente, cosí uno ha sempre la scappatoia. Bel ragionamento, eh?»

Siccome ho degli amici rappresentanti, ho fatto del mio meglio per difendere la categoria: che è un incarico delicato, che spesso se sanno troppo è peggio perché fanno perdere degli affari, e cosí via, ma Faussone non ha inteso ragione:

«No, non ne ho mai visto uno che ne capisse qualche cosa, e neanche che facesse lo sforzo. Ce n'è bene di quelli che fanno finta di capire, ma sono peggio di tutti. Non me ne parli, dei rappresentanti, se vuole che andiamo d'accordo. Creda a me, sono solo buoni a baliare i clienti, a portarli al nàit e alla partita, e per noi non è che vada male perché ci portano delle volte anche noialtri, ma per la cognizione del lavoro niente da fare, son tutti compagni, mai visto uno che ne masticasse tanto cosí.

Bene, il mio uomo mi dice appunto che si tratta di finire il montaggio di un derrick, in un cantiere lontano una quarantina di chilometri, e poi di metterlo su delle barche e di portarlo nel mare, su un bassofondo mica tanto lontano. Cosí io mi sono fatto l'idea che, per caricarlo su una barca, doveva essere un derrick niente di speciale, e quasi quasi cominciavo a arrabbiarmi perché mi avevano fatto venire a me dall'altra parte del mondo; ma non gli ho detto niente, non era colpa sua.

Era venuto notte, lui mi saluta, mi dice che verrà all'albergo a prendermi al mattino alle otto per portarmi al cantiere, e se ne va. Al mattino tutto bene, salvo il fatto che c'erano i srimp anche per colazione, ma insomma ne ho viste di peggio; tutto bene, dicevo, lui arriva alle otto, puntuale, con la sua Chrysler, e partiamo, e in un momento siamo fuori della città, perché era una città piccola. Altro che Radiosa Aurora! Non avevo mai visto un paese piú malinconico: sembrava il Séstrier fuori stagione, non so se c'è mai stato, c'era un cielo basso, sporco, che sembrava di toccarlo, anzi qualche volta si toccava proprio, perché quando la strada saliva si entrava dentro la nebbia. Tirava un'arietta fredda e umida che s'infilava sotto i vestiti e faceva venire di cattiv'umore, e nei campi intorno c'era un'erba nera, corta e dura che sembravano punte da trapano. Non si vedeva un'anima, solo delle cornacchie grosse come i tacchini: ci guardavano a passare e ballavano sui piedi senza volare via, come se ci ridessero dietro. Abbiamo passato una collina, e dall'alto della collina Mister Compton mi ha fatto vedere il cantiere, in mezzo all'aria grigia sulla riva del mare, e mi è mancato il fiato. Guardi, lei lo sa che a me le parole grosse non mi piacciono, ma eravamo ancora lontani dieci chilometri e sembrava già lí: sembrava lo scheletro di una balena, lungo e nero coricato sulla riva, già tutto arrugginito perché da quelle parti il ferro viene ruggine in un momento, e io a pensare che mi toccava metterlo in piedi in mezzo al mare mi veniva un accidente. Si fa presto a dire "vai e monta un derrick". Si ricorda l'altra volta, la volta del scimmiotto, quando lei mi ha spiegato del boia di Londra e tutto: bene, faccia conto, quello era alto venti metri e mi sembrava già una bella altezza; ma questo, con tutto che non era ancora finito, da coricato era già lungo un duecentocinquanta metri, come da qui a quello steccato verde che vede laggiú, oppure da piazza San Carlo a piazza Castello, tanto perché lei si faccia l'idea. A me il lavoro non mi spaventa, ma quella volta mi sono detto che era arrivata l'ora.

Mentre scendevamo giú per la collina, il mister mi ha spiegato che l'Alasca con la neve e le slitte c'è proprio, ma molto piú a nord: lí era anche Alasca, ma una specie di prolunga che scende giú sulla costa del Pacifico, come chi dicesse il manico dell'Alasca vera, e difatti lo chiamano proprio cosí, Panhandle, che vuol dire il manico della padella. E per la neve, mi ha detto che stessi pure tranquillo, che in quella stagione un giorno o l'altro ne sarebbe venuta, ma che se non veniva tutto compreso era meglio. Sembrava che lo sapesse, quello che stava per capitare. Quanto al derrick, ha detto che sí, era abbastanza grosso, ma appunto, era giusto per quello che avevano fatto venire dall'Italia un brait gai, che modestia a parte sarei io. Era proprio uno gentile, a parte la faccenda dell'anima.

Cosí parlando, siamo scesi giú per i turniché della collina e siamo arrivati al cantiere. Lí c'era tutta la compagnia che ci aspettava: i progettisti, l'ingegnere direttore dei lavori, una mezza dozzina di ingegnerini appena schiusi, tutti spichínglis e tutti con la barba, e la squadra dei montatori alascani, che di alascano non ce n'era neanche uno. Uno era un pistolero grande e grosso, e mi hanno spiegato che era un russo ortodosso, perché ce n'è ancora, fin dal tempo che i russi hanno fatto quel bell'affare di vendere l'Alasca agli americani. Il secondo si chiamava Di Staso, e vede che tanto alascano non poteva essere. Il terzo mi hanno detto che era un pellerossa, perché sono bravi a rampicare sulle incastellature e non hanno paura di niente. Il quarto non me lo ricordo bene: era un tipo regolare, come ce n'è dappertutto, con la faccia un po' da cottolengo.

L'ingegnere capo era uno in gamba, di quelli che parlano
poco e non dicono una parola piú forte dell'altra; anzi, a
dire la verità facevo fino fatica a capire quello che diceva
perché parlava senza aprire la bocca: ma sa bene che in
America glielo insegnano a scuola, che aprire la bocca non
è educazione. Ogni modo era in gamba; mi ha fatto vedere
il modellino in scala, mi ha presentato alla squadra scom-
pagnata che le ho detto, e a loro gli ha detto che il montaggio lo avrei diretto io. Siamo andati a pranzo alla mensa, e
non fa bisogno che le dica che anche lí c'erano i gamberi;
poi mi ha consegnato il libretto con le istruzioni per il montaggio, e mi ha detto che mi lasciava due giorni per studiar-
lo, e che dopo mi ripresentassi al cantiere perché bisognava
incominciare col lavoro. Mi ha fatto vedere sul libretto che
tutte le operazioni andavano fatte a giorno fisso, qualcuna
addirittura a ora fissa, per via della marea. Già, della marea: lei non capisce, vero? E neanch'io l'ho capito, lí sul
momento, cosa c'entrasse la marea; l'ho capito poi dopo, e
cosí anche a lei glielo racconto dopo, se lei è d'accordo».

Ero d'accordo: conviene essere sempre d'accordo con chi
racconta, se no lo si intralcia e gli si fa perdere il filo. Del
resto, Faussone appariva in gran forma, e a mano a mano
che il racconto si dipanava, lo vedevo insaccare sempre piú
la testa fra le spalle, come fa quando sta per raccontare
qualcosa di grosso.

«Poi ce ne siamo andati, Compton e io: ma bisogna ancora che le dica che avevo un'impressione strana, come se quel-
l'ufficio, quella mensa, e piú che tutto quelle facce, le avessi già viste prima, e poi ho capito che era proprio vero, era
tutta roba vista al cine, non saprei dirle quando e in che
film. Compton e io, le dicevo, siamo partiti per la città; io
dovevo tornare all'albergo a studiare il libretto, ma dopo
incamminato il lavoro l'ingegnere mi aveva detto che mi
aveva riservato una camera nella foresteria del cantiere; lui
diceva nel ghestrúm, e lí per lí non capivo che cosa diavolo

fosse, ma non mi azzardavo di chiederglielo perché in teoria io l'inglese lo dovrei sapere.

Allora, ci siamo messi in strada con la bellissima Chrysler del mio mister; e io stavo zitto e ruminavo la storia di quel montaggio. Per un verso era un gran bel lavoro, di quelli che uno se li ricorda per un pezzo e resta contento di averli fatti; per un altro verso quella parolina della marea, e il fatto quel derrick di doverlo far navigare, mi stava un po' sullo stomaco. Perché sa, a me il mare non è mai piaciuto: si muove sempre, ci fa umido, c'è l'aria molle e marinosa, insomma non mi dà fiducia e mi fa venire le lune. A un certo punto ho visto una cosa strana: nel cielo si vedeva il sole che era un po' annebbiato, e aveva due soli piú piccoli, uno per parte. L'ho fatto vedere a Compton, e ho visto che lui diventava nervoso; difatti, poco dopo, tutto d'un colpo il cielo si è fatto scuro, ben che era ancora giorno, e in un momento ha cominciato a nevicare, e io non avevo mai visto nevicare cosí. Veniva giú fitto, prima a granini duri come la semola, poi come un polverino che entrava fino dalle prese d'aria della macchina, alla fine con dei fiocchi grossi come delle noci. Eravamo ancora sulla salita, a una dozzina di chilometri dal cantiere, e ci siamo accorti che si metteva male. Compton non ha detto niente, ha solo fatto uno o due grugniti: io guardavo il tergicristallo, sentivo che il motorino ronzava e sforzava sempre di piú, e pensavo fra me che se si fermava quello eravamo panati.

Lei, scusi, ha mai fatto una jona?»

Ho risposto che sí, e anche piú di una, ma che non vedevo il rapporto. Faussone ha ripreso:

«Anche io ne ho fatte, e tante, ma nessuna grossa come quella che ha fatto lui. Si slittava da matti, e l'unica era andare avanti in seconda, senza mai frenare né accelerare, magari lasciando che il tergicristallo si riposasse ogni tanto; invece lui vede un rettilineo, fa ancora un grugnito e dà tutto il gas. L'auto ha dato un giro, ha fatto un dietrofront netto come i soldati, e si è fermata contro la montagna con le due ruote di sinistra dentro la canaletta; il motore si è spento, ma il tergi continuava a andare su e giú come un matto, e scavava nel parabrezza come due finestrelle incorniciate di neve. Si vede che era di buona marca, o forse in quei paesi li fanno maggiorati.

Compton aveva delle scarpe da città e io degli stivaletti militari con la suola di gomma, cosí è toccato a me di scendere per vedere cosa si poteva fare. Ho trovato il cric e ho cercato di piazzarlo, avevo intenzione di sollevare il lato sinistro e poi di mettere dei sassi sotto le ruote, dentro la canaletta, e di provare a ripartire indietro verso il cantiere, dato che la macchina aveva fatto mezzo giro e si era messa in posizione di discesa, e guasti sembrava che non ce ne fossero. Ma niente da fare: si era fermata a trenta centimetri dal muraglione, in maniera che io riuscivo appena appena a infilarmi di coltello, ma quanto a mettermi giú per piazzare il cric che fosse un po' sicuro, neanche da pensarci. Intanto, di neve ne era già venuto giú due palmi, e continuava sempre peggio, e ormai era quasi buio.

Non c'era che passare la mano, mettersi lí tranquilli e aspettare che venisse giorno: la maniera di venire fuori della neve l'avremmo trovata, benzina ce n'era, potevamo lasciare acceso il motore e il riscaldamento e dormire. L'importante era di non perdere la testa, e invece Compton l'ha persa subito: piangeva e rideva, diceva che si sentiva soffocare, e che mentre c'era ancora un filo di luce io dovevo correre al cantiere a cercare soccorsi. A un certo punto mi ha perfino preso per il collo, e allora gli ho dato due pugni nello stomaco per calmarlo, e difatti si è calmato: ma io praticamente avevo paura di passargli la notte vicino, e poi lei lo sa che stare nello stretto e nel chiuso non mi piace; cosí gli ho chiesto se aveva una torcia elettrica, l'aveva, me l'ha data, e io mi sono buttato fuori.

Devo dire che per grigia era grigia. S'era levato il vento, la neve era ritornata fina e veniva tutta per traverso, si infilava per il collo e negli occhi, e facevo fatica a respirare.

Ne era venuto forse un mezzo metro, ma il vento l'aveva accumulata contro il muraglione e l'auto era quasi tutta coperta; i fari erano rimasti accesi, ma anche loro erano sotto una branca di neve, e si vedeva la luce da sopra, un chiaro smorto che sembrava che venisse dal Purgatorio. Ho bussato al vetro, ho detto a Compton che li spegnesse, che stesse lí quieto e che sarei tornato presto, ho cercato di stamparmi bene in mente la posizione della macchina, e mi sono messo in cammino.

Al principio non è stata neanche tanto brutta. Pensavo fra me che c'era poi solo da fare un dieci chilometri, anzi meno se mi buttavo giú per le scorcie fra un turniché e l'altro; pensavo anche: "volevi l'Alasca, volevi la neve: l'hai avuta, dovresti essere contento". Ma non ero tanto contento: quei dieci chilometri era come se fossero quaranta, perché a ogni passo affondavo fino a mezza gamba; e anche se ero in discesa, incominciavo a sudare, mi batteva il cuore, e un po' per la tormenta, un po' per la fatica, mi mancava anche il fiato e tutti i momenti mi dovevo fermare. La torcia, poi, mi serviva tanto come niente: si vedeva solo tante righe bianche coricate, e un polverino di scintille che facevano girare la testa: cosí l'ho spenta e sono andato avanti al buio. Avevo una gran fretta di arrivare al piano, perché pensavo che una volta in piano il cantiere non doveva essere lontano: ebbene, era una fretta stupida, essendo che, quando al piano ci sono arrivato, mi sono accorto che non sapevo piú da che parte andare. Bussole non ne avevo: la sola bussola, fino allora, era stata la pendenza, e finita quella non sapevo piú cosa fare. Mi ha preso la paura, che è una gran brutta bestia, e credo che peggio che in quel momento non l'ho mai avuta, neanche delle altre volte che a pensarci bene c'era molto piú rischio: ma era per via del buio, del vento, e che ero solo in un paese in capo al mondo; e mi veniva in mente che se cadevo e svenivo, la neve mi avrebbe sotterrato, e nessuno mi avrebbe piú trovato fino a che non fosse venuto aprile e si fosse squagliata. E pensavo anche a mio padre, che di solito non ci penso.

Perché sa, mio padre era del '12, che era una leva disgraziata. Gli è toccato di fare tutte le naie possibili, l'Africa, poi la Francia, l'Albania, e alla fine la Russia, e è tornato a casa con un piede congelato e delle idee strane, e poi è ancora stato prigioniero in Germania, ma questo glielo conto poi un'altra volta: fra parentesi, è stato proprio allora, mentre guariva del piede, che mi ha messo in fabbricazione a me, me lo raccontava sempre e ci faceva degli scherzi sopra. Insomma quella volta io mi sentivo un po' come mio padre, che l'avevano mandato a perdersi nella neve ben che era un bravo battilastra, e lui, mi diceva, aveva una gran voglia di sedersi giú nella neve e aspettare di morire, ma poi invece si era fatto coraggio e aveva camminato ventiquattro giorni finché non era uscito dalla sacca: cosí mi sono fatto coraggio anch'io.

Mi sono fatto coraggio e mi sono detto che l'unica era di ragionare. Ho ragionato cosí: se il vento aveva spinto la neve contro la macchina e contro il muraglione, era segno che veniva da mezzanotte, cioè dalla direzione del cantiere; non c'era che da sperare che il vento non cambiasse direzione e camminare dritto contro il vento. Magari non avrei trovato subito il cantiere, ma almeno mi sarei avvicinato, e avrei scartato il pericolo di girare in tondo come fanno le boie panatere quando vedono la luce. Cosí ho continuato a camminare contro vento, e ogni tanto accendevo la torcia per vedere indietro i miei passi, ma la neve li cancellava in un momento: oltre alla neve che continuava a venire dal cielo, si vedeva l'altra neve, quella che era sollevata dal vento, che filava via raso terra verso il buio, e fischiava come cento serpenti. Ogni tanto guardavo anche l'orologio, e era strano, a me mi pareva di camminare da un mese, e invece l'orologio sembrava che non si muovesse come se il tempo si fosse fermato. Tanto meglio per Compton, pensavo, cosí non lo troviamo duro come un merluzzo: ma garantito che anche lui lo trova lungo.

Basta, ho avuto fortuna. Dopo un due ore che camminavo, il cantiere non l'ho trovato, ma mi sono accorto che incrociavo la ferrovia, voglio dire il raccordo di servizio: i binari si capisce che non si vedevano, ma si vedevano quegli steccati che usano da quelle parti perché la neve non si accumuli sulle rotaie. Avevano servito proprio niente, ma hanno servito a me, perché sporgevano ancora un poco: cosí, seguendo contro vento la linea degli steccati, sono arrivato al cantiere. Il resto poi è andato liscio, avevano un cingolato fatto apposta per le emergenze, come dicono loro, e guardi che l'inglese è una lingua ben strana, perché dalla neve non c'era un bel niente che emergesse; era un bestione di sei tonnellate, che ha i cingoli larghi quasi un metro e cosí non affonda nella neve e va su per delle pendenze anche del quaranta per cento come ridere. Il guidatore ha acceso i fari, siamo tornati su in un momento, abbiamo trovato il posto, avevamo le pale, e abbiamo tirato fuori Compton, che era mezzo addormentato. Forse aveva già cominciato a perniciare, ma noi lo abbiamo scosso un poco, gli abbiamo dato un cicchetto che era contro i suoi principî ma lui non se n'è accorto, gli abbiamo fatto un massaggio, e dopo stava bene. Parlava poco, ma tanto era uno che parlava sempre poco. L'auto l'abbiamo lasciata lí.

Al cantiere mi hanno arrangiato su un pagliericcio, e io prima cosa mi sono fatto dare un'altra copia del libretto di montaggio, perché la prima era rimasta nella Chrysler a passare l'inverno. Ero stanco morto, e mi sono addormentato subito; ma per tutta quella notte non ho fatto che sognare della gran neve, e uno che ci camminava dentro, nella notte e nel vento, e nel sogno non si capiva se ero io oppure mio padre. Però, al mattino, appena svegliato, mi è subito tornata in mente quell'altra emergenza che mi stava aspettando di lí a due giorni, quella faccenda di mettere in barca quel coso lungo uno sproposito, di portarlo in giro fra un'isola e l'altra per ottanta miglia, e poi di metterlo in piedi coi piedi appoggiati sul fondo del mare. Scusi sa, ma lei mi guarda in una maniera che mi pare che non si rende conto».

Ho rassicurato Faussone: gli ho garantito che stavo seguendo il suo racconto con interesse (il che era vero) e con piena comprensione. Questo era un po' meno vero, perché certe imprese per capirle bisogna farle, o almeno vederle; lui lo ha intuito, e senza nascondere la sua impazienza ha cavato la biro, ha preso il tovagliolo di carta, e mi ha detto che mi avrebbe fatto vedere. È bravo a disegnare: ha tirato giú la sagoma del suo derrick, in scala: un trapezio, alto 250 metri, con la base maggiore di 105 e la minore di 80, e sopra questa un altro intrico di tralicci, gru e torrette; accanto ha schizzato la Mole Antonelliana, che ci faceva una magra figura, e San Pietro, che arrivava a poco piú di metà.

«Ecco, – mi ha detto indicando la base minore: – il mare arriva quasi fin qui, dopo che è in piedi; ma l'hanno costruito coricato, già montato su tre slitte, e le tre slitte su tre scivoli di cemento armato e di acciaio: tutto prima che arrivassi io. Adesso le faccio vedere anche questo. Ma il trucco piú bello, la malizia, eccola qui, la vede sul disegno. Le sei gambe non sono tutte uguali: le tre da questa parte vede che le ho fatte piú grosse. E grosse erano: tre tubi di otto metri di diametro, lunghi 130 metri, appunto, come è alto San Pietro che lo vede qui vicino. A proposito, lei lo sa che io coi preti non vado tanto d'accordo, ma si capisce che quando sono andato a Roma, a San Pietro ci sono stato, e poco da dire è un gran bel lavoro, specie se uno pensa ai mezzi che avevano allora. Bene, a San Pietro non mi è venuta voglia di pregare, neanche un poco; e invece, quando quell'arnese piano piano si è girato nell'acqua, e poi si è messo dritto da solo, e ci siamo saliti sopra tutti quanti per romperci la bottiglia, beh sí, un poco la voglia mi è venuta, peccato che non sapevo che preghiera dire, non ce n'era nessuna che venisse a taglio. Ma non anticipiamo.

Le dicevo allora che tre gambe sono piú grosse: è perché oltre che gambe sono dei galleggianti, che è studiata abbastanza bene. Ma adesso torniamo alla mia storia. Dunque, mi sono sistemato nel cantiere, e ho passato due giorni in pace a leggere il libretto, a discutere i dettagli coll'ingegnere, e a farmi asciugare i vestiti. Il terzo giorno abbiamo cominciato a lavorare.

Il primo lavoro da fare è stato quello di piazzare i martinetti idraulici; sono come dei cric d'auto ma piú grossi. Non era un lavoro difficile, andava giusto bene per vedere cosa poteva combinare quella squadra che le ho detto, l'ortodosso, Di Staso, il pellerossa e il regolare. Può immaginare che, oltre a capire male quello che io gli dicevo, si capivano anche poco fra di loro; ma insomma montatori erano, e lei deve sapere che fra noi la maniera di capirsi la troviamo sempre, magari anche solo coi gesti: ci intendiamo a volo, e se uno è piú in gamba, l'altro stia pure sicuro che gli dà ascolto, anche se non ha il grado. È cosí in tutto il mondo, e tutte le volte che mi ricordo di mio padre, perché adesso è morto, penso che se le cose andassero cosí anche negli eserciti certe cose non capiterebbero, per esempio di prendere un battilastra del Canavese e sbatterlo in Russia con le scarpe di cartone a sparare schioppettate ai battilastra della Russia. E se le cose andassero cosí anche nei governi, allora degli eserciti non ce ne sarebbe neanche piú bisogno perché non ci sarebbe da fare la guerra e ci si metterebbe d'accordo fra persone di buon senso».

Cosa va a pensare la gente quando ardisce trinciare giudizi al di fuori del proprio particolare! Ho cercato cautamente di renderlo consapevole della carica sovversiva, anzi eversiva, che si annidava dietro questo suo discorso. Attribuire le responsabilità in proporzione delle competenze? Ma scherziamo? È da vedere se il sistema può essere tollerato per i montatori: figuriamoci poi per altre attività ben piú sottili e complesse. Ma non ho incontrato difficoltà nel ricondurlo alla sua carreggiata.

«Vede, a me non piace né comandare né essere comandato. A me piace lavorare da solo, cosí è come se sotto al lavoro finito ci mettessi la mia firma; ma lei capisce bene che un lavoro come quello non era per un uomo solo. Cosí ci siamo dati da fare: dopo quella gran tormenta che le ho raccontato era tornata un po' di calma e non si andava tanto male, ma a colpi veniva giú la nebbia. Per capire ognuno che tipo era ci ho messo un po' di tempo, perché non siamo mica fatti tutti uguali: specie poi coi forestieri.

L'ortodosso era forte come un toro. Aveva la barba fin sotto gli occhi e i capelli lunghi fin qui, però lavorava preciso e si vedeva subito che era del mestiere. Solo che non bisognava interromperlo, se no perdeva il filo, cascava dalle nuvole e doveva ricominciare tutto dal principio. Di Staso è venuto fuori che era figlio di un barese e di una tedesca, e difatti si vedeva che era un po' incrociato; quando parlava facevo piú fatica a capirlo che se fosse stato un americano d'America, ma per fortuna parlava poco. Era uno di quelli che dicono sempre di sí e poi fanno alla sua maniera: insomma bisognava starci attenti, e il suo guaio era che pativa il freddo, cosí tutti i momenti si fermava, si metteva a ballare magari anche in cima al traliccio, che mi faceva venire la pelle di gallina, e si metteva le mani sotto le ascelle. Il pellerossa era una sagoma: l'ingegnere mi ha raccontato che era di una tribú di cacciatori, e che invece di stare nella loro riserva a fare tutti quei gesti per i turisti, avevano accettato in blocco di trasferirsi nelle città per fare la pulizia delle facciate dei grattacieli; lui aveva ventidue anni, ma quel mestiere lo facevano già suo padre e suo nonno. Non è che sia la stessa cosa, per fare il montatore ci va un po' piú di cervello, ma lui cervello ne aveva. Però aveva delle abitudini strane, non guardava mai negli occhi, non muoveva mai la faccia e sembrava tutto d'un pezzo, anche se poi sul montaggio era svelto come un gatto. Anche lui parlava poco: era grazioso come il mal di pancia, e a fargli osservazione rispondeva; dava anche dei nomi ma per fortuna solo nel dialetto della sua tribú, cosí si poteva far finta di non capire e non nascevano questioni. Mi resta da dire del regolare, ma quello ho da capirlo ancora adesso. Era proprio un po' intiero, ci metteva tempo a capire le cose, ma aveva volontà e stava attento: perché lo sapeva, che non era tanto furbo, e cercava di farsi forza e di non sbagliare, e difatti in proporzione sbagliava abbastanza poco, appunto, non capivo come facesse a sbagliare cosí poco. Mi faceva pena perché gli altri gli ridevano dietro, e mi faceva tenerezza come un bambino, anche se aveva quasi quarant'anni e non era tanto bello da vedere. Sa, il vantaggio del nostro lavoro è che c'è posto anche per gente come quella, e che sul lavoro imparano quelle cose che non hanno imparato a scuola; solo che con loro ci va un po' piú di pazienza.

Come le dicevo, a piazzare i martinetti per far scivolare il traliccio verso il mare non ci andava gran che, né di fatica né di mestiere, bastava metterli in quadro e bene orizzontali; ci abbiamo messo un giorno e poi abbiamo cominciato a spingere. Ma non si immagini mica che si spingesse cosí a occhio: c'era una cabina di comando, ben riscaldata, con perfino il distributore della cocacola, la televisione in circuito chiuso, e il collegamento per telefono coi serventi dei martinetti: bastava premere i bottoni e stare a vedere sulla televisione se l'allineamento si manteneva. Ah, dimenticavo, fra i martinetti e le slitte c'erano anche le celle piezometriche coi loro quadranti nella cabina, in maniera che a ogni momento si vedeva lo sforzo; e mentre io stavo in quella cabina, seduto su una poltrona, in mezzo a tutti quei trucchi, pensavo a mio padre e alle sue lastre, un colpo qui e l'altro là cosí a stima per togliere i difetti, dal mattino alla sera nell'officina nera con la stufetta a segatura, e mi veniva come un nodo qui alla gola.

Però non ho resistito tanto a stare lí dentro: a un certo momento sono scappato fuori al freddo a vedere il derrick che camminava. Non si sentiva nessun rumore, solo

il vento, il ronzio delle pompe dell'olio nella centralina,
e il mare che sciacquava contro i moli, a trecento metri, ma
non lo potevo vedere per via della nebbia. E in mezzo alla
nebbia, che si perdeva nella nebbia, si vedeva venire avanti
il derrick, grosso come una montagna e lento come una lumaca. Avevo regolato la centralina come diceva il libretto, e il derrick camminava a mezzo metro al minuto: bisognava andargli vicino per vederlo muovere, ma allora
faceva impressione, e io pensavo a quando una volta venivano giú gli eserciti e nessuno li poteva fermare, o a quando è venuta fuori la lava del vulcano e ha sotterrato Pompei, perché quella volta della ragazza ardita che le ho contato, una domenica siamo andati a vedere Pompei.

Scusi, ma dalla maniera che mi guarda non sono sicuro
che lei abbia capito bene il lavoro. Dunque: c'era questo
traliccio coricato su un fianco su tre slitte, le slitte su tre
piste che discendevano fino nel mare, e diciotto martinetti
che spingevano piano piano. Il traliccio era fatto in modo
da galleggiare, ma per comodità di manovra era previsto
di farlo scivolare sopra due pontoni, insomma dei barco-
ni di ferro che, ancora prima che arrivassi io, li avevano
riempiti d'acqua e fatti posare sul fondo del bacino, nella
posizione giusta: dopo che il traliccio gli fosse arrivato sopra, bisognava pompare via l'acqua e farli tornare a galla,
che si caricassero del peso del traliccio e lo reggessero fuor
d'acqua, e poi rimorchiare pontoni e traliccio fino al fon-
dale, affondare di nuovo i pontoni, raddrizzare il traliccio
e farlo posare sulle sue gambe.

Tutto è andato bene, il derrick ha camminato tranquillo
fino dentro il bacino, e sarebbe stata l'ora di far risalire i
pontoni: ma niente da fare. Era un po' di tempo che tirava
vento, aveva spazzato la nebbia, ma aveva anche cominciato a sollevare il mare. Io non è che del mare sia tanto
pratico, e quello era appunto il primo lavoro che mi toccava di fare vicino al mare, anzi dentro, ma l'ingegnere
lo vedevo che nuffiava l'aria come un cane da caccia, arric-

ciava il naso e faceva dei versi come per dire che si metteva male. Infatti, al giorno del sollevamento c'erano già
delle belle onde: sul manuale era previsto anche questo,
niente sollevamento se le onde erano piú di due piedi, erano altro che due piedi, e allora ci siamo messi a riposo.

Siamo stati a riposo tre giorni, e non è successo niente di
speciale, li abbiamo passati a bere, a dormire, a giocare a
carte, e io ai miei quattro gli ho perfino insegnato la scala
quaranta, perché di andare a spasso, col vento che tirava, e
in quel bel panorama che le ho detto, non veniva la voglia
a nessuno. Il pellerossa mi ha fatto stupire: sempre con la
sua malagrazia, e senza guardarmi negli occhi, mi ha fatto capire che mi invitava a andare a casa sua, e che non era
tanto lontano; perché lui essendo che era un po' selvatico
non stava nella foresteria come noialtri, ma a casa sua, in
una baracchetta di legno, con la moglie. Gli altri ghignavano e io non capivo perché: ci sono andato, perché a me
piace vedere come vive la gente, e quando sono stato nella sua baracca mi sono accorto che mi faceva segno di andare a dormire con sua moglie. Anche sua moglie, preciso
come lui, guardava da una parte e non diceva niente, e io
mi sentivo genato perché lí dentro non c'era neanche una
tenda e mancava l'intimità, e poi avevo paura. Cosí ho fatto un discorso tutto imbarbugliato in italiano, che lui
non capisse, e sono uscito. Fuori c'erano gli altri che stavano a aspettare: allora ho capito perché ghignavano, e
mi hanno spiegato che in quella tribú costumava cosí, di
offrire la moglie ai superiori, ma che avevo fatto bene a
non accettare perché loro si lavano solo con grasso di foca,
e neanche tanto sovente.

Quando il mare si è poi calmato, abbiamo cominciato a
pompare aria dentro i pontoni. Era una pompa da niente,
a bassa prevalenza, non piú grossa di quel panchetto lí, e
girava liscia: sembrava quasi impossibile che da sola potesse fare tutto il lavoro, e avesse la forza di sollevare tre-
dicimila tonnellate. Pensi solo quante gru ci sarebbero vo-

lute: invece, in due giorni, zitti zitti i pontoni sono venuti
su, li abbiamo impegnati sotto i loro supporti, francati
bene, e alla sera del secondo giorno il derrick era lí che
galleggiava, e sembrava che avesse perfino voglia di partire, ma era solo effetto del vento. Le confesso che avevo
un po' di gelosia per i progettisti che l'avevano studiato,
quel trucco di far lavorare l'aria, l'acqua e il tempo: a me
non sarebbe mai venuto in mente, ma gliel'ho già detto
che io con l'acqua non ho tanta confidenza, tant'è vero che
non sono neanche buono di nuotare, e un giorno o l'altro
le racconto perché.

Non sono buono di nuotare, ma non faceva differenza,
perché in un mare come quello non avrebbe nuotato nessuno: era color del piombo, e cosí freddo che io non capisco come ci possano vivere quei famosi gamberi che continuavano a darci alla mensa, un po' bolliti e un po' arrosto; invece mi hanno detto che è un mare pieno di pesci.
Ci siamo infilati tutti quanti le vesti di salvataggio, perché
nel libretto c'erano anche questi particolari, siamo montati sui rimorchiatori, e via verso il largo, tirandoci dietro
il derrick coricato sui due pontoni come quando si porta
una vacca al mercato per la cavezza. Io era la prima volta
che andavo per mare, e non ero tranquillo, ma cercavo di
fare in modo che non si vedesse, e pensavo che una volta
che avessimo incamminato il lavoro di posizionare il derrick
mi sarei distratto e mi sarebbe passata. Anche l'ortodosso
aveva paura, invece agli altri tre non faceva nessun effetto,
salvo che Di Staso aveva un po' di mal di mare.

Le ho detto verso il largo cosí per modo di dire, ma non
era largo per niente. Di fronte a quella costa c'è tutta una
cernaia di isole e isolette, di canali che si infilano uno dentro l'altro, qualcuno poi cosí stretto che il derrick per traverso ci passava appena, e io se pensavo che cosa sarebbe
successo se avesse toccato mi veniva freddo. Fortuna che
il pilota era bravo e conosceva la strada; sono anche andato
nella cabina di pilotaggio a vedere come faceva, era tutto

tranquillo e parlava via radio col pilota dell'altro rimorchiatore, con una voce tutta nel naso come ce l'hanno gli americani. Da principio credevo che combinassero fra di loro la via da seguire, invece parlavano della partita di baseball».

Non avevo capito bene la faccenda dei pontoni: se il derrick era fatto per galleggiare, non si poteva vararlo direttamente in mare, senza quelle complicazioni? Faussone mi ha guardato interdetto, poi mi ha risposto con la pazienza impaziente di chi si rivolge ad un bambino volonteroso ma un po' ritardato.

«Sa, fosse stato il lago di Avigliana forse avrebbe anche ragione lei, ma quello era il Pacifico, e non so proprio perché quegli esploratori lo abbiano chiamato cosí, dato che onde ne ha sempre, anche quando è calmo: o almeno, tutte le volte che l'ho visto. E un arnese lungo come quello, anche se è d'acciaio, basta poco per farlo flettere, perché non era calcolato per lavorare da coricato; un po' come noi, se uno ci pensa bene, che per dormire abbiamo bisogno che il letto sia piano. Insomma i pontoni ci volevano, se no c'era pericolo che con le onde si deformasse.

Le dicevo allora che eravamo su uno dei rimorchiatori, e che io in principio avevo un po' di paura; ma poi mi è passata, perché mi sono convinto che pericoli non ce n'erano. Sono delle gran belle macchine, i rimorchiatori; comodi no, non sono fatti per farci le crociere, ma solidi, pensati bene, senza un bullone di troppo, e a starci sopra lei ha subito l'impressione che hanno una forza straordinaria, e infatti servono per rimorchiare delle navi molto piú grosse di loro, e non c'è burrasca che li possa fermare. Dopo un po' di tempo che si navigava fra un canale e l'altro, mi sono stufato di stare lí a guardare il paesaggio, che era sempre uguale, sono sceso sotto coperta e nella sala macchine per rendermi conto, e devo dirle che mi sono divertito, anche se chiamarla sala è esagerato, perché c'è appena lo spazio per girarsi: ma quelle bielle, e piú che tutto l'albe-

ro dell'elica, non me li dimentico piú; e neanche la cucina,
dove tutti i padellini sono imbullonati alla parete, e il cuo-
co per fare da mangiare non ha neanche bisogno di muoversi perché tanto ha tutto a portata di mano. Del resto,
quando è venuto notte ci siamo fermati e ci hanno dato
il rancio come sotto la naia, ma non era niente male; solo
che per frutta ci hanno dato i gamberi con la marmellata.
Poi, a dormire anche noi nelle cuccette; non si ballava neanche tanto, anzi giusto quello che va bene per addormentarsi.

Al mattino siamo usciti da quell'intrico di canali, e io
ho tirato il fiato. C'era solo piú da fare una dozzina di miglia per trovare il posto, dove c'era già una boa con un
fanale e con la radio, per trovarla anche se c'era la nebbia;
e la nebbia c'era proprio. Siamo arrivati alla boa che era
mezzogiorno. Lí abbiamo attaccato il derrick a delle altre
boe, perché non andasse a spasso durante la manovra, e
abbiamo aperto le vie d'aria dei pontoni, per farli affondare un poco e poi rimorchiarli via: dico abbiamo, ma per
dire la verità io sono rimasto sul ponte, e sui pontoni c'è
andato il pellerossa, che di tutti era quello che il mare gli
dava meno soggezione, ma del resto è stata la questione di
un momento; si è solo sentito un gran soffio, come se re-
spirassero di sollievo, e i due pontoni si sono staccati dal
derrick e i rimorchiatori li hanno portati via.

A questo punto, poco da fare, ero io di scena. Fortuna
che il mare era quasi calmo: ho messo su la piú bella grin-
ta che sono riuscito a inventare, e poi io coi miei quattro
uomini siamo saliti su una barchetta e ci siamo arrampicati
su per le scalette del derrick. Si trattava di fare le verifiche, e poi di togliere le sicurezze dalle valvole delle gambe di galleggiamento: sa bene come va quando uno gli
tocca di fare una cosa che non gli piace, ma si fa forza,
perché quando è da fare si fa; specie poi se deve farla fare anche dagli altri, e se uno degli altri ha il mal di mare,
o magari se lo fa venire apposta, perché ho avuto il sospetto.

Le verifiche è stato un lavoro lungo, ma andavano bene, non c'era nessuna deformazione piú grossa di quelle previste. Per le sicurezze, non so se mi sono fatto capire: si immagini il mio derrick come una piramide tronca, eccola qui, che sta a galla su una delle facce, che è fatta di tre gambe allineate che sono i tubi di galleggiamento. Bene, bisognava appesantire la parte bassa di queste gambe, in modo che loro affondassero e la piramide desse il giro e si mettesse a piombo. Per appesantire le gambe bisognava farci entrare l'acqua del mare: erano divise in segmenti con paratie stagne, e ogni segmento aveva delle valvole per fare uscire l'aria e entrare l'acqua al momento giusto. Le valvole erano radiocomandate, ma avevano delle sicurezze, e quelle andavano tolte a mano, voglio dire a colpi di martello.

Ecco, è stato proprio in questo momento che io mi sono accorto che tutto il traliccio si stava muovendo. Era strano: il mare sembrava fermo, onde non se ne vedevano, e invece il traliccio si muoveva: su e giú, su e giú, piano piano, come una cuna per i bambini, e io ho cominciato a sentirmi lo stomaco come se mi fosse salito fin qui. Ho cercato di resistere, e forse ci sarei anche riuscito, se non mi fosse cascato l'occhio su Di Staso, attaccato a due controventature come Cristo sulla croce, che dava di stomaco dentro l'Oceano Pacifico da otto metri di altezza, e allora addio. Il lavoro l'abbiamo fatto lo stesso, ma sa, io di regola ci terrei a fare le mie cose con un po' di stile, e invece, le risparmio i particolari, ma invece che a dei gatti somigliavamo a quelle bestie che non mi ricordo piú come si chiamano, che si vedono allo zoo, hanno la faccia da cretino che ride sempre, le zampe che finiscono come con dei rampini e camminano piano piano appese ai rami degli alberi con la testa in giú: ecco, fuori del pellerossa noialtri quattro facevamo quell'effetto lí, e di fatti io vedevo quei bastardi sul rimorchiatore che invece di farci coraggio ridevano, ci facevano tutti i gesti della scimmia, e si bat-

tevano le mani sulle cosce. Ma dal suo punto di vista dovevano aver ragione: vedere lo specialista venuto apposta
da capo al mondo, con la chiave a stella appesa alla vita,
perché quella è per noi come la spada per i cavalieri di una
volta, che viceversa fa i gattini come un bambino piccolo,
doveva essere un bello spettacolo.

Fortuna che quel lavoro io lo avevo preparato bene, e ai
quattro gli avevo fatto fare le esercitazioni; insomma, a
parte l'eleganza, abbiamo finito con solo un quarto d'ora
di ritardo sul tempo del libretto, siamo rimontati sul rimorchiatore, e a me il mal di mare è passato subito.

In cabina di comando c'era l'ingegnere col binocolo e
il cronometro, davanti ai comandi radio, e lí è incomincia-
ta la cerimonia. Sembrava di essere davanti alla televisione quando si toglie l'audio. Lui schiacciava i bottoni uno
per uno, come dei campanelli, ma non si sentiva niente, solo noi che respiravamo, e respiravamo come in punta di piedi. E a un certo punto si è visto il derrick che cominciava a
pendere, come un bastimento quando sta per andare a fondo: anche di lontano si vedevano i vortici che facevano
i piedi affondando nell'acqua, e le onde arrivavano fino
a noi e scuotevano il rimorchiatore, ma rumori non se ne
sentivano. Pendeva sempre di piú, la piattaforma di sopra
si sollevava, finché facendo una gran schiuma si è messo
in piedi, è disceso ancora un poco e si è fermato netto, come un'isola, ma era un'isola che l'avevamo fatta noi; e io
non so gli altri, magari non pensavano a niente, ma io ho
pensato al Padreterno quando ha fatto il mondo, dato che
sia stato proprio lui, e quando ha separato il mare dall'a-
sciutto, anche se non c'entrava poi tanto. Allora abbiamo
ripreso la barca, sono arrivati anche quelli dell'altro rimorchiatore, e ci siamo arrampicati tutti sulla piattaforma;
abbiamo rotto una bottiglia e abbiamo fatto un po' di baldoria, perché costuma cosí.

E adesso non vada a dirlo in giro, ma a quel momento
mi è venuto come da piangere. Non per via del derrick,

ma per via di mio padre; voglio dire, quel sacramento di ferro piantato in mezzo al mare mi ha fatto venire in mente un monumento balordo che una volta aveva fatto mio padre con dei suoi amici, un pezzo per volta, di domenica dopo le bocce, tutti vecchiotti, e tutti un po' strambi e un po' bevuti. Avevano tutti fatto la guerra, chi in Russia, chi in Africa, chi non so dove altro, e ne avevano basta; cosí, essendo che erano tutti piú o meno del mestiere, uno sapeva saldare, uno tirava la lima, uno batteva la lastra e cosí via, avevano combinato di fare un monumento e di regalarlo al paese, ma doveva essere un monumento all'incontrario. Di ferro invece che di bronzo, e invece che tutte le aquile e le corone di gloria e il soldato che viene avanti con la baionetta, volevano fare la statua del panettiere ignoto: sí, di quello che ha inventato la maniera di fare le pagnotte; e farla di ferro, appunto, in lamiera nera da venti decimi, saldata e imbullonata. L'hanno anche fatta, e niente da dire era bella robusta, ma come estetica non è riuscita tanto bene. Cosí il sindaco e il parroco non l'hanno voluta, e invece che in mezzo alla piazza, sta in una cantina a far la ruggine, in mezzo alle bottiglie di vino buono».

«Non erano poi tanto lontano di qui, quelle terre dove mio padre ha fatto la ritirata, ma era un'altra stagione: lui me lo raccontava, gelava fino il vino nelle borracce, e il corame delle giberne».

Ci eravamo inoltrati nel bosco, un bosco autunnale splendido di colori inattesi: l'oro verde dei larici, i cui aghi avevano appena incominciato a cadere, la porpora cupa dei faggi, e altrove il bruno caldo degli aceri e delle querce. I tronchi ormai nudi delle betulle accendevano il desiderio di accarezzarli come si fa coi gatti. Tra gli alberi, il sottobosco era basso, e le foglie morte ancora poche: il terreno era sodo ed elastico, come battuto, e suonava stranamente sotto i nostri passi. Faussone mi ha spiegato che, se non si lasciano gli alberi crescere troppo fitti, il bosco si pulisce da sé: ci pensano le bestie piccole e grosse, e mi ha fatto vedere le tracce della lepre nel fango indurito dal vento, e le galle gialle e rosse delle querce e delle rose canine, col vermino dentro addormentato. Ero un po' stupito di questa sua confidenza con le piante e con le bestie, ma lui mi ha fatto notare che non era mica nato montatore: i suoi ricordi d'infanzia piú felici erano intessuti di maroda, cioè di minuti furti agricoli, escursioni in banda alla ricerca di nidi o di funghi, zoologia autogestita, teoria e pratica delle trappole, comunione con la modesta natura canavesana sotto la specie di mirtilli, fragole, more, lamponi, asparagi selvatici: il tutto vivificato dal brivido a buon patto del divieto eluso.

«Sí, perché mio padre me la contava, – ha continuato Faussone: – Fin da bambino, avrebbe voluto che finissi in fretta i lavori della scuola e scendessi in officina con lui. Che facessi come lui, insomma, che a nove anni era già in Francia a imparare il mestiere, perché allora facevano tutti cosí, in bassa valle erano tutti magnini, e lui lo ha fatto, il mestiere, fino che è morto. Lui lo diceva, che aveva da morire col martello in mano, e è ben morto cosí, pover'uomo: ma non è poi detto che sia quella la maniera piú brutta di morire, perché ce n'è tanti che quando gli tocca smettere di lavorare gli viene l'ulcera o si mettono a bere o cominciano a parlare da per loro, e io credo che lui sarebbe stato uno di questi, ma appunto, è morto prima.

Ha mai fatto altro che batter la lastra, fuori che quando l'hanno preso prigioniero e mandato in Germania. La lastra di rame: e col rame, perché allora l'acciaio inossidabile non era ancora di moda, facevano tutto, vasi, pentole, tubi, e anche i distillatori senza il bollo della finanza per fare la grappa di contrabbando. Al mio paese, perché anch'io sono nato lí in tempo di guerra, era tutto un gran battere; piú che tutto, facevano paioli da cucina, grossi e piccoli, stagnati dentro, perché appunto magnino vuol dire stagnino, uno che fa le pentole e poi ci passa lo stagno, e c'è varie famiglie che si chiamano Magnino ancora adesso e magari non sanno piú perché.

Lei lo sa che il rame a batterlo si incrudisce...»

Lo sapevo sí: cosí parlando è venuto fuori che anch'io, pur non avendo mai battuto la lastra, avevo col rame una lunga dimestichezza, trapunta di amore e di odio, di battaglie silenziose ed accanite, di entusiasmi e stanchezze, di vittorie e sconfitte, e fertile di sempre piú affinata conoscenza, come avviene con le persone con cui si convive a lungo e di cui si prevedono le parole e le mosse. La conoscevo sí, la cedevolezza femminea del rame, metallo degli specchi, metallo di Venere; conoscevo il suo splendore caldo e il suo sapore malsano, il morbido verde-celeste dei suoi ossidi e l'azzur-

ro vitreo dei suoi sali. Conoscevo bene, con le mani, l'in-
crudimento del rame, e quando l'ho detto a Faussóne ci
siamo sentiti un po' parenti: se maltrattato, cioè battuto,
stirato, piegato, compresso, il rame fa come noi, i suoi
cristalli s'ingrossano e diventa duro, crudo, ostile, Faussone direbbe «arverso». Gli ho detto che gli avrei forse
saputo spiegare il meccanismo del fenomeno, ma lui mi ha
risposto che non gli importava, e invece mi ha fatto notare
che non va sempre cosí: alla stessa maniera che noi non
siamo tutti uguali, e davanti alle difficoltà ci comportiamo
diversamente, cosí c'è anche dei materiali che a batterli ci
guadagnano, come il feltro e il cuoio, e come il ferro, che a
martellarlo sputa fuori la scoria, si rinforza e diventa appunto ferro battuto. Io gli ho detto, a conclusione, che con
le similitudini bisogna stare attenti, perché magari sono
poetiche ma dimostrano poco: perciò si deve andare cauti
nel ricavarne indicazioni educative-edificanti. Deve l'edu-
catore prendere esempio dal fucinatore, che battendo ru-
demente il ferro gli dà nobiltà e forma, o dal vinaio, che
ottiene lo stesso risultato sul vino distaccandosi da lui e
conservandolo nel buio di una cantina? È meglio che la madre abbia a modello la pellicana, che si spenna e si denuda
per rendere morbido il nido dei suoi nati, o l'orsa, che li
incoraggia ad arrampicarsi in cima agli abeti e poi li abban-
dona lassú e se ne va senza voltarsi indietro? È un miglior
modello didattico la tempra o il rinvenimento? Alla larga
dalle analogie: hanno corrotto la medicina per millenni, e
forse è colpa loro se oggi i sistemi pedagogici sono cosí nu-
merosi, e dopo tremila anni di discussione non si sa ancora
bene quale sia il migliore.

Ad ogni modo, Faussone mi ha ricordato che la lamiera
di rame, incrudita (e cioè resa non piú lavorabile al martello, non piú «malleabile») dalla lavorazione, deve essere
ricotta, vale a dire scaldata per qualche minuto verso gli
800 °C, per riacquistare la sua cedevolezza primitiva; di
conseguenza, il lavoro del magnino consiste in un'alter-

nanza di scaldare e battere, battere e scaldare. Queste cose più o meno le sapevo; invece, non altrettanto a lungo avevo frequentato lo stagno, a cui sono legato unicamente da una fugace avventura giovanile, e per di più di carattere essenzialmente chimico; perciò ho ascoltato con interesse le notizie che lui mi ha fornite:

«Una volta che la pentola è fatta, il lavoro non è ancora finito, perché se lei, tanto per dire, fa cucina in una pentola di rame nudo, alla lunga finisce che viene ammalato, lei e la famiglia; e del resto non è detto che se mio padre è morto che aveva solo cinquantasette anni, non sia perché il rame ce l'aveva già che girava nel sangue. La morale è che la pentola bisogna stagnarla all'interno, e qui non creda che sia poi cosí facile, anche se magari in teoria lei sa come si fa: ma la teoria è una cosa e la pratica è un'altra. Bene, a farla corta ci va prima il vetriolo, o se si ha fretta l'acido nitrico, ma per poco tempo se no addio pentola, poi si lava con acqua, e poi si porta via l'ossido con l'acido cotto».

Questo termine mi era nuovo. Ho chiesto un chiarimento, e non immaginavo, cosí facendo, di ravvivare una vecchia cicatrice: perché è risultato che Faussone cos'era l'«acid cheuit» non lo sapeva con precisione, e non lo sapeva perché aveva rifiutato di impararlo, insomma col padre c'era stata un po' di ruggine perché lui aveva ormai diciott'anni e ne aveva abbastanza di stare al paese a fare le padelle: voleva venire a Torino e entrare alla Lancia, e difatti c'era entrato sí, ma aveva durato poco. Bene, avevano fatto questione proprio per l'acido cotto, e il padre prima si era arrabbiato, e poi era stato zitto perché aveva capito che c'era poco da fare.

«A ogni modo, si fa con l'acido muriatico, si fa cuocere con dello zinco e col sale ammoniaco e non so che cosa d'altro, se vuole mi posso informare; ma non vorrà mica mettersi a stagnare le ramine, voglio sperare. Poi non è ancora finito, mentre l'acido cotto lavora bisogna tener pronto lo stagno. Stagno vergine: è qui che si vede se il magnino è un galantuomo o un lavativo. Ci vuole lo stagno vergine, cioè puro come viene dai suoi paesi, e non lo stagno da saldare che invece è legato con il piombo: e glielo dico perché ce ne sono stati, di quelli che hanno stagnato le pentole con lo stagno da saldatore: ce ne sono stati anche al mio paese, e quando il lavoro è finito non si conosce, ma quello che capita poi al cliente, a fare cucina magari per vent'anni col piombo che passa piano piano in tutti i mangiari, glielo lascio capire da lei.

Le dicevo allora che bisogna tenere lo stagno pronto, che sia fuso ma non troppo caldo se no gli viene sopra una crosta rossa e si spreca del materiale; e sa, adesso è facile, ma a quel tempo i termometri erano roba da gran signori, e si giudicava della caloria cosí a stima, con lo sputo. Scusi, ma le cose bisogna chiamarle col loro nome: uno guardava se la saliva friggeva piano o forte o saltava addirittura indietro. A questo punto si prendono le cucce, che sono come delle filacce di canapa e non so neppure se hanno un nome in italiano, e si tira lo stagno sul rame come uno spalmerebbe il burro dentro una terrina, non so se ho reso l'idea; e appena finito si mette nell'acqua fredda, se no lo stagno invece che bello brillante resta come appannato. Vede, era un mestiere come tutti i mestieri, fatto di malizie grosse e piccole, inventate da chissà quale Faussone nei tempi dei tempi, che a dirle tutte ci andrebbe un libro, e è un libro che non lo scriverà mai nessuno e in fondo è un peccato; anzi adesso che sono passati gli anni mi rincresce di quella questione che ho fatto con mio padre, di avergli risposto e di averlo fatto stare zitto: perché lui capiva che quel mestiere, fatto sempre in quella maniera e vecchio come il mondo, finiva che moriva con lui, e come io gli ho risposto che dell'acido cotto non me ne faceva niente, lui è rimasto zitto, ma si è sentito morire un poco già a quell'ora. Perché vede, il suo lavoro gli piaceva, e adesso lo capisco perché adesso a me mi piace il mio».

L'argomento era centrale, e mi sono accorto che Faus-

sone lo sapeva. Se si escludono istanti prodigiosi e singoli
che il destino ci può donare, l'amare il proprio lavoro (che
purtroppo è privilegio di pochi) costituisce la migliore approssimazione concreta alla felicità sulla terra: ma questa
è una verità che non molti conoscono. Questa sconfinata
regione, la regione del rusco, del boulot, del job, insomma
del lavoro quotidiano, è meno nota dell'Antartide, e per
un triste e misterioso fenomeno avviene che ne parlano di
piú, e con piú clamore, proprio coloro che meno l'hanno
percorsa. Per esaltare il lavoro, nelle cerimonie ufficiali viene mobilitata una retorica insidiosa, cinicamente fondata
sulla considerazione che un elogio o una medaglia costano
molto meno di un aumento di paga e rendono di piú; però
esiste anche una retorica di segno opposto, non cinica ma
profondamente stupida, che tende a denigrarlo, a dipingerlo vile, come se del lavoro, proprio od altrui, si potesse
fare a meno, non solo in Utopia ma oggi e qui: come se chi
sa lavorare fosse per definizione un servo, e come se, per
converso, chi lavorare non sa, o sa male, o non vuole, fosse
per ciò stesso un uomo libero. È malinconicamente vero che
molti lavori non sono amabili, ma è nocivo scendere in campo carichi di odio preconcetto: chi lo fa, si condanna per
la vita a odiare non solo il lavoro, ma se stesso e il mondo.
Si può e si deve combattere perché il frutto del lavoro rimanga nelle mani di chi lo fa, e perché il lavoro stesso non
sia una pena, ma l'amore o rispettivamente l'odio per l'opera sono un dato interno, originario, che dipende molto dalla storia dell'individuo, e meno di quanto si creda dalle
strutture produttive entro cui il lavoro si svolge.

Come se avesse percepito il riverbero dei miei pensieri,
Faussone ha ripreso: «Lo sa qual è il mio nome di battesi-
mo? Tino, come tanti altri: ma il mio Tino vuol dire Libertino. Mio padre veramente quando ha fatto la denuncia mi
voleva chiamare Libero, e il podestà, ben che era un fasci-
sta, era suo amico e sarebbe stato d'accordo, ma col segretario comunale non c'è stato verso. Son tutte cose che mi

ha raccontato poi mia madre: questo segretario diceva che nei santi non c'è, che era un nome troppo fuorivia, che lui non voleva grane, che ci andava il consenso del federale e magari anche quello di Roma: erano solo storie, si capisce, era che lui, per non saper né leggere né scrivere, nei suoi registri quella parolina "Libero" non ce la voleva. Insomma, non c'è stato nessun perdono; morale della favola, mio padre ha ripiegato su Libertino perché pover'uomo non si rendeva conto, si credeva che fosse lo stesso, che Libertino fosse come quando uno si chiama Giovanni e lo chiamano Giovannino; ma intanto Libertino io sono rimasto, e tutti quelli che gli capita di gettare un occhio sul mio passaporto o sulla mia patente mi ridono dietro. Anche perché, passa un anno passa l'altro, a girare il mondo cosí come faccio io un po' libertino lo sono poi diventato sul serio, ma questa è un'altra storia, e del resto lei se n'è già accorto da solo. Sono libertino ma non è la mia specialità. Non sono al mondo per questo, anche se poi, se lei mi chiedesse perché sono al mondo, sarei un po' imbarazzato a risponderle.

Mio padre voleva chiamarmi libero perché voleva che io fossi libero. Non è che avesse delle idee politiche, lui di politica aveva solo l'idea di non fare la guerra perché aveva provato; per lui libero voleva dire di non lavorare sotto padrone. Magari dodici ore al giorno in un'officina tutta nera di caligine e col ghiaccio d'inverno come la sua, magari da emigrante o su e giú col carrettino come gli zingari, ma non sotto padrone, non nella fabbrica, non a fare tutta la vita gli stessi gesti attaccato al convogliatore fino che uno non è piú buono a fare altro e gli dànno la liquidazione e la pensione e si siede sulle panchine. Ecco perché era contrario che io andassi alla Lancia, e sotto sotto avrebbe avuto caro che io tirassi avanti con la sua boita e mi sposassi e avessi dei bambini e gli mostrassi l'opera anche a loro. E non creda, io adesso non faccio per dire nel mio mestiere me la cavo, ma se mio padre non avesse insistito, delle volte con le buone e delle volte no, perché dopo la scuola andassi con lui a bottega a girargli la manovella della forgia e imparassi da lui, che dalla lastra di trenta decimi tirava su una mezza sfera giusta come l'oro cosí a occhio, senza neanche la scarsetta, bene, dicevo, non fosse stato di mio padre, e mi fossi contentato di quello che mi insegnavano a scuola, garantito che ero attaccato al convogliatore ancora adesso».

Eravamo arrivati ad una radura, e Faussone mi ha fatto notare, come rigonfiamenti appena percettibili in superficie, i labirinti eleganti delle talpe, punteggiati dai monticelli conici di terra fresca espulsa durante i loro turni di notte. Poco prima mi aveva insegnato a riconoscere i nidi delle allodole nascosti nelle depressioni dei campi, e mi aveva indicato un ingegnoso nido di ghiro, a forma di manicotto, seminascosto fra i rami bassi di un larice. Piú tardi, ha smesso di parlare e mi ha arrestato, ponendo il braccio sinistro davanti al mio petto come una barriera: con la mano destra indicava un leggero fremere dell'erba, a pochi passi dal nostro sentiero. Un serpente? No, su un tratto di terreno battuto è emersa una curiosa piccola processione: un porcospino avanzava cauto, con brevi arresti e riprese, e dietro di lui, o di lei, venivano cinque cuccioli, come minuscoli vagoni a rimorchio di una locomotiva-giocattolo. Il primo stringeva in bocca la coda della guida, ognuno degli altri, allo stesso modo, stringeva il codino dell'antecedente. La guida si è fermata netta davanti a un grosso scarabeo, lo ha rivoltato sul dorso con la zampina e lo ha preso fra i denti: i piccoli hanno rotto l'allineamento e le si sono affollati intorno; poi la guida è arretrata dietro un cespuglio, trascinandosi dietro tutti i personaggi.

Al crepuscolo il cielo velato si è fatto limpido; quasi ad un tratto, ci siamo accorti di uno stridore lontano e mesto, e, come avviene, ci siamo anche accorti di averlo già inteso prima, senza porvi mente. Si ripeteva ad intervalli quasi regolari, e non si capiva da quale direzione provenisse, ma poi abbiamo scoperto, altissimi sopra le nostre teste, gli stormi ordinati delle gru, uno dopo l'altro, in lunga riga nera contro il cielo pallido, come se piangessero per aver dovuto partire.

«... ma ha fatto a tempo a vedermi venire via dalla fabbrica e a incamminare questo mestiere che faccio adesso, e credo che sia stato contento: non me l'ha mai detto perché non era uno che parlasse tanto, ma me l'ha fatto capire in diverse maniere, e quando ha visto che ogni tanto partivo in viaggio certamente ha avuto invidia, ma un'invidia da persona per bene, non come quando uno vorrebbe le fortune di un altro e siccome non le può avere allora gli manda degli accidenti. A lui un lavoro come il mio gli sarebbe piaciuto, anche se l'impresa ci guadagna sopra, perché almeno non ti porta via il risultato: quello resta lí, è tuo, non te lo può togliere nessuno, e lui queste cose le capiva, si vedeva dalla maniera come stava lí a guardare i suoi lambicchi dopo che li aveva finiti e lucidati. Quando venivano i clienti a portarseli via, lui gli faceva come una carezzina e si vedeva che gli dispiaceva; se non erano troppo lontani, ogni tanto prendeva la bicicletta e andava a riguardarli, con la scusa di vedere se tutto andava bene. E gli sarebbe piaciuto anche per via dei viaggi, perché ai suoi tempi si viaggiava poco, e anche lui aveva viaggiato poco, e malamente. Di quell'anno che aveva passato in Savoia come apprendista, lui diceva che si ricordava solo dei geloni, delle sberle, e delle brutte parole che gli dicevano in francese. Poi è venuta la Russia, da militare, e s'immagini un po' che viaggiare è stato quello. Invece, a lei le sembrerà strano, ma l'anno piú bello della sua vita, me l'ha detto diverse volte, è stato proprio dopo Badoglio, quando i tedeschi li hanno beccati al deposito di Milano, li hanno disarmati, impacchettati nei vagoni bestiame e spediti a lavorare in Germania. Lei si stupisce, neh? Ma avere un mestiere serve sempre.

I primi mesi ha fatto una gran cinghia, e non fa bisogno

che queste cose gliele racconti a lei. La firma per andare con la repubblica e tornare in Italia, lui non l'ha voluta fare. Tutto l'inverno ha fatto picco e pala, e non era un bel vivere, anche perché vestiti niente, aveva solo indosso la roba della naia. Lui si era messo in lista come meccanico: aveva già perduto tutte le speranze quando a marzo l'hanno chiamato fuori e messo a lavorare in un'officina di tubisteria, e lí andava già un pochino meglio; ma poi è venuto fuori che cercavano dei macchinisti per le ferrovie, e lui macchinista non era, ma insomma un'idea delle caldaie ce l'aveva, e poi ha pensato che il basto del mulo si aggiusta andando per strada, e ben che non sapeva una parola di tedesco si è fatto avanti, perché quando c'è la fame uno si fa furbo. Ha avuto la fortuna che l'hanno messo alle locomotive a carbone, quelle che a quel tempo tiravano i merci e gli accelerati, e lui si era fatte due morose, una per capolinea. Non che lui fosse uno tanto ardito, ma diceva che era facile, tutti gli uomini tedeschi erano soldati e le donne ti correvano dietro. Può capire che questa storia lui non l'ha mai raccontata chiara perché quando l'han preso prigioniero lui era già sposato e aveva anche un bambino piccolo che sarei poi io: ma alla domenica venivano i suoi amici da noi a bere un bicchiere, e una frasetta qui, un risolino là, un discorso interrotto a mezzo, ci voleva poco a capire, anche perché io vedevo gli amici che ridevano largo cosí e invece mia madre con una faccia tutta tirata, che guardava da un'altra parte e rideva verde.

E io lo capisco, anche, perché è stata l'unica volta in sua vita che ha preso un po' la larga; del resto, se non si trovava le morose tedesche che facevano la borsa nera e gli portavano da mangiare, facile che sarebbe finito tisico anche lui come tanti altri, e per mia madre e per me si sarebbe messa male. Quanto a portare la locomotiva, lui diceva che è piú facile che andare in bici, bastava solo fare attenzione ai segnali, e se veniva un bombardamento frenare, piantare lí tutto e scappare nei prati. C'erano dei problemi solo quando calava la nebbia, oppure quando c'erano gli allarmi e i tedeschi la nebbia la facevano apposta.

In buona sostanza, quando arrivava al capolinea, invece che andare al dormitorio della ferrovia lui si impieniva di carbone le tasche, la borsa e la camicia per regalarlo alla morosa di turno, perché altro da regalare non ne aveva, e quella in cambio gli dava da cena, e lui al mattino ripartiva. Dopo un po' di tempo che faceva questo commercio, è venuto a sapere che sulla stessa linea combinazione viaggiava anche un altro macchinista italiano, anche lui prigioniero militare, un meccanico di Chivasso; però questo portava i merci che camminano di notte. Si incontravano soltanto qualche volta ai capolinea, ma come erano quasi paesani hanno fatto amicizia lo stesso. Dato che quello di Chivasso non si era organizzato, e faceva la fame perché mangiava solo la roba che gli passava la ferrovia, mio padre gli ha ceduto una delle sue morose, cosí a fondo perduto per pura amicizia, e da allora si sono sempre voluti bene. Dopo che tutti e due sono tornati, il chivassese veniva a trovarci due o tre volte all'anno e a Natale ci portava un tacchino: a poco per volta tutti quanti abbiamo cominciato a considerarlo come il mio padrino, perché frattanto il mio padrino vero, quello che faceva le boccole per la Diatto, era morto. Insomma voleva sdebitarsi, tant'è vero che diversi anni dopo è stato lui che mi ha trovato il posto alla Lancia e ha convinto mio padre a lasciarmi andare, e piú tardi mi ha presentato alla prima impresa dove ho lavorato da montatore, ben che montatore non ero ancora. È ancora vivo e anzi neanche tanto vecchio; è uno in gamba, dopo la guerra si è messo a allevare i tacchini e le galline faraone e si è fatto i soldi.

Invece mio padre si è rimesso a lavorare come prima, a battere la lastra nella sua officina, un colpo qui e un colpo là, nel punto preciso, perché la lastra venisse tutta dello stesso spessore e per spianare le pieghe, lui le chiamava le veje. Gli avevano offerto dei posti buoni nell'industria, e piú che tutto nelle carrozzerie, che non era poi un lavoro tanto diverso: mia madre gliela contava tutti i giorni, di accettare, perché la paga era buona, e per via della mutua, della pensione eccetera, ma lui non ci pensava neanche: diceva che il pane del padrone ha sette croste, e che è meglio essere testa d'anguilla che coda di storione: perché era uno di quelli che vanno avanti coi proverbi.

Ormai le pentole di rame stagnato non le voleva piú nessuno perché c'erano in bottega quelle d'alluminio che costavano di meno, e poi sono venute quelle d'acciaio inossidabile con la vernice che le bistecche non si attaccano, e soldi ne entravano pochi, ma lui di cambiare non se la sentiva e si è messo a fare gli autoclavi per gli ospedali, quelli per sterilizzare i ferri delle operazioni, sempre di rame, ma argentato invece che stagnato. È stato in quel periodo che si era messo d'accordo con i suoi amici per fare quel monumento al panettiere che le ho detto, e quando gliel'hanno rifiutato gli è rincresciuto e si è messo a bere un po' di piú. Non lavorava piú tanto, perché le ordinazioni erano poche, e a tempo perso faceva delle altre cose con una forma nuova, cosí per il piacere di farle, delle mensole, dei vasi per i fiori, ma non li vendeva, li metteva da una parte oppure li regalava.

Mia madre era brava, molto di chiesa, ma mio padre non lo trattava tanto bene. Non gli diceva niente, ma era rustica, e si vedeva che non aveva tanta stima: non si rendeva conto che quell'uomo, finito il suo lavoro, per lui era finito tutto. Non voleva che il mondo cambiasse, e siccome invece il mondo cambia, e adesso cambia in fretta, lui non aveva la volontà di tenere dietro, e cosí diventava malinconico e non aveva piú voglia di niente. Un giorno non è venuto a desinare, e mia madre l'ha trovato morto in officina: col martello in mano, l'aveva sempre detto».

## Il vino e l'acqua

Non credevo, a fine settembre, di trovare sul basso Volga un caldo simile. Era domenica, e la foresteria era inabitabile: l'«Administracija» aveva installato in tutte le camere dei patetici ventilatori rumorosi ed inefficienti, ed il ricambio dell'aria era affidato unicamente alla finestrella d'angolo, grande quanto una pagina di giornale. Ho proposto a Faussone di andare al fiume, discenderlo a piedi fino alla stazione fluviale, e prendere il primo battello che fosse capitato; ha accettato e siamo partiti.

Sull'alzaia faceva quasi fresco, e l'impressione di refrigerio era rafforzata dalla inaspettata trasparenza dell'acqua e dal profumo palustre e muschiato che ne emanava. Sulla superficie del fiume spirava una brezza leggera che increspava l'acqua in onde minute, ma ad intervalli la direzione dell'aria si invertiva, ed allora sopravvenivano da terra soffi torridi odorosi di argille calcinate; simultaneamente, sotto il pelo dell'acqua ritornata alla calma si distinguevano le fattezze confuse di case rustiche sommerse. Non erano eventi remoti, mi ha spiegato Faussone, non era stata una punizione divina, né quello un villaggio di peccatori. Era semplicemente l'effetto della diga gigantesca che si intravvedeva al di là del gomito del fiume, costruita sette anni prima, e a monte della quale si era ammassato un lago, anzi un mare, lungo cinquecento chilometri. Faussone ne era fiero come se la diga l'avesse tirata su lui, mentre invece ci aveva solo montato una gru. Anche questa gru stava al centro di una storia: mi ha promesso che un giorno o l'altro me l'avrebbe raccontata.

Siamo arrivati alla stazione fluviale verso le nove. Consisteva di due corpi, uno in muratura costruito sulla riva, l'altro in tavole di legno, praticamente uno zatterone coperto, a galla sull'acqua; fra i due correva un pontile, esso pure di legno, articolato alle due estremità. Non si vedeva nessuno. Ci siamo fermati a consultare un orario, scritto in bella calligrafia ma pieno di cancellature e correzioni, che era incollato alla porta della sala d'aspetto, e poco dopo abbiamo visto arrivare una vecchina. Veniva verso di noi a piccoli passi tranquilli, senza guardarci, perché era intenta a lavorare ai ferri una maglia a due colori; ci ha oltrepassati, ha cavato da un angolo una seggiolina pieghevole, l'ha aperta vicino all'orario, si è seduta distendendo sotto di sé le pieghe della gonna, ed ha continuato a sferruzzare per qualche minuto. Poi ci ha guardati, ha sorriso, e ci ha detto che era inutile studiare quell'orario perché era scaduto.

Faussone le ha chiesto da quando, e lei ha risposto vagamente: da tre giorni, o forse anche da una settimana, e l'orario nuovo non era ancora stato definito, però i battelli andavano lo stesso. Dove volevamo andare? Con imbarazzo, Faussone ha risposto che era tutto uguale, avremmo preso un battello qualunque, purché ritornasse in serata: volevamo soltanto prendere un po' di fresco e fare una gita sul fiume. La vecchina ha annuito con gravità, e poi ci ha fornito la preziosa informazione che un battello sarebbe arrivato di lí a poco, e sarebbe ripartito subito per Dubrovka. Quanto lontano? Non tanto, un'ora di viaggio, o forse anche due: ma che cosa ce ne importava? ci ha chiesto con un altro luminoso sorriso. Forse che non eravamo in vacanza? Bene, Dubrovka era proprio il posto che ci voleva per noi, c'erano boschi, prati, ci si poteva comprare burro, formaggio e uova, e ci abitava anche sua nipote. Volevamo i biglietti di prima classe o di seconda? La bigliettaria era lei.

Ci siamo consultati ed abbiamo optato per la prima; la vecchietta ha posato il lavoro, è sparita per una porticina ed è riapparsa dietro uno sportello; ha frugato nel cassetto e ci ha dato i due biglietti, che anche se di prima classe costavano molto poco. Attraverso il pontile snodato ci siamo portati sullo zatterone e ci siamo messi in attesa. Anche lo zatterone era deserto, ma poco dopo è arrivato un giovane alto e magro, e si è seduto sulla panchina non lontano da noi. Era vestito semplicemente, con una giacca logora e rappezzata sui gomiti, e una camicia aperta sul petto; non aveva bagaglio (come noi, del resto), fumava una sigaretta dopo l'altra, ed osservava Faussone con curiosità. «Mah? Si sarà accorto che siamo forestieri», ha detto Faussone; ma dopo la terza sigaretta il giovane si è avvicinato, ci ha salutati, e gli ha rivolto la parola, naturalmente in russo. Dopo un breve colloquio, l'ho visto impadronirsi della mano di Faussone e stringerla con calore, anzi, manovrarla energicamente a cerchio come se fosse stata la manovella delle vecchie auto che non avevano il motorino d'avviamento. «Garantito che io non l'avrei riconosciuto, – mi ha detto Faussone: – è uno dei manovali che mi avevano aiutato a montare la gru della diga, sei anni fa. Ma adesso che ci penso mi par bene di ricordarmi, perché c'era un gelo da spaccare le pietre e lui non faceva neanche una piega; lavorava senza i guanti e era vestito preciso come adesso».

Il russo sembrava felice come se avesse ritrovato un fratello; Faussone invece non aveva smesso il suo riserbo, e stava a sentire il prolisso discorso dell'altro come se ascoltasse il bollettino del tempo alla radio. Parlava con foga ed io lo seguivo con difficoltà, ma mi sono accorto che nel suo dire ricorreva con frequenza la parola «ràsnitsa», che è fra le poche che io conosco, e significa «differenza». «È il suo nome, – mi ha spiegato Faussone: – si chiama proprio cosí, Differenza, e mi sta spiegando che in tutto il Basso Volga con questo nome c'è solo lui. Dev'essere un bel tipo». Differenza, dopo aver frugato in tutte le tasche, ha cavato fuori un tesserino unto e spiegazzato, e ha fatto ve dere a Faussone ed a me che la foto era proprio la sua, e il nome quello, Nikolaj M. Ràsnitsa. Subito dopo ha dichiarato che noi eravamo suoi amici, anzi suoi ospiti: infatti, per una fortunata combinazione quel giorno era il suo compleanno, e lui si preparava appunto a festeggiarlo con una gita sul fiume. Benissimo, saremmo andati insieme a Dubrovka; lui stava aspettando il battello, e sul battello c'erano due o tre suoi compaesani, anche loro per fargli festa. A me la prospettiva di un incontro russo, un po' meno formalistico di quelli che avvenivano sul lavoro, non era sgradita, ma ho visto dipingersi un velo di diffidenza sul viso di Faussone, di solito cosí poco espressivo; e poco dopo, da un angolo della bocca, mi ha soffiato: «Qui si mette male».

Il battello è arrivato, provenendo dalla parte della diga, e noi due abbiamo cavato i biglietti per il controllo; Differenza, contrariato, ci ha detto che avevamo fatto molto male a prendere i biglietti, tanto piú in quanto erano di prima classe e di andata e ritorno: non eravamo suoi ospiti? Il viaggio ce lo avrebbe offerto lui, era amico del capitano e di tutto l'equipaggio, e su quella linea il biglietto non lo pagava mai, né lui né i suoi invitati. Ci siamo imbarcati, ed anche il battello era deserto, ad eccezione dei due compari di Differenza, che stavano seduti su una delle panchine del ponte. Erano due omoni dalle facce patibolari, quali io non ne avevo mai viste da nessuna parte, né in Russia né altrove, salvo che in qualche Western all'italiana: uno era obeso, e portava i pantaloni sospesi ad una cinta serrata stretta al di sotto della pancia; l'altro era piú magro, aveva la faccia butterata dal vaiolo, e chiudeva le mascelle con gli incisivi inferiori davanti ai superiori; questa particolarità gli conferiva un aspetto da cane mastino che contrastava con gli occhi, anch'essi vagamente canini, ma di un tenero color nocciola. Tutti e due puzzavano di sudore ed erano ubriachi.

Il battello è ripartito. Differenza ha spiegato agli amici

chi eravamo noi, e loro hanno detto che andava benissimo, più si era e più allegri si stava. Mi hanno obbligato a prendere posto fra loro due, e Faussone si è seduto accanto a Differenza sulla panchina di fronte. L'obeso aveva con sé un pacco di carta da giornale, accuratamente legato con spago; lo ha sciolto, e dentro c'erano diverse pagnotte campagnole imbottite di lardo. Le ha offerte in giro, poi è sceso non so dove sotto il ponte, ed è risalito reggendo per il manico un secchiello di latta, palesemente un contenitore di vernice riattato; ha cavato di tasca un bicchiere d'alluminio, lo ha riempito col liquido che stava nella latta, e mi ha invitato a bere. Era un vino dolciastro e molto forte, simile al marsala, ma più aspro e come spigoloso: per il mio gusto era decisamente cattivo, ed ho visto che anche Faussone, che è un conoscitore, non ne era entusiasta. Ma i due erano indomabili: nella latta c'erano almeno tre litri di mistura, e loro hanno dichiarato che dovevamo farla fuori tutta nel viaggio di andata, se no che compleanno sarebbe stato? E che poi, «niè strážno», niente paura, a Dubrovka ne avremmo trovato dell'altra ancora più buona.

Nel mio scarso russo, ho cercato di difendermi: che il vino era buono ma a me bastava, che non ero abituato, che ero gravemente ammalato, al fegato, alla pancia, ma non c'è stato verso: i due, a cui si era aggiunto Differenza, hanno sfoderato una convivialità compulsiva che confinava con la minaccia, e mi è toccato bere e bere ancora. Faussone beveva anche lui, ma era meno in pericolo di me, perché tiene bene il vino, e perché, parlando meglio il russo, poteva accampare argomenti più articolati o deviare il discorso. Non mostrava alcun segno di disagio; discorreva e beveva, ogni tanto il mio occhio sempre più offuscato incontrava un suo sguardo clinico, ma, fosse distrazione o un deliberato intento di primato, non ha fatto per tutto il viaggio alcun tentativo di venire in mio soccorso.

A me il vino non ha mai giovato. Quel vino, in specie, mi ha affondato in una sgradevole condizione umiliata e impotente: non avevo perduto la lucidità, ma sentivo via via indebolirsi la facoltà di reggermi in piedi, per cui paventavo il momento in cui avrei dovuto alzarmi dalla panchina; percepivo la lingua sempre più legata; soprattutto, mi si era fastidiosamente ristretto il campo visivo, ed assistevo al solenne dipanarsi delle due rive del fiume come attraverso un diaframma, o meglio come se avessi davanti agli occhi uno di quei minuscoli binocoli teatrali che usavano il secolo scorso.

Per tutti questi motivi combinati, non ho serbato una memoria precisa del tragitto. A Dubrovka le cose sono andate un po' meglio; il vino era finito, tirava un buon vento fresco con odore di fieno e di stalla, e dopo i primi passi esitanti mi sono sentito rinfrancato. Sembrava che da quelle parti fossero tutti parenti: è venuto fuori che la nipote della bigliettaria era sorella del compare butterato, era ora di pranzo ed ha voluto a tutti i costi che andassimo anche noi a mangiare da loro. Abitava col marito vicino al fiume, in una casetta di legno minuscola, dipinta di celeste, con i frontoni delle porte e delle finestre lavorati a intaglio. Davanti c'era un orticello con cavoli verdi, gialli e viola, ed il tutto faceva pensare alla dimora delle fate.

L'interno era scrupolosamente pulito. Le finestre, ed anche le porte divisorie, erano riparate da cortine di pizzo a rete, lunghe dal soffitto al pavimento, ma il soffitto non era più alto di due metri. Ad una parete erano appese, fianco a fianco, due icone di cartone e (nello stesso formato) la fotografia di un ragazzo in divisa militare col petto costellato di medaglie. Il tavolo era coperto da una tela incerata, con sopra una zuppiera fumante, un grosso pane di segala dalla crosta scura e rugosa, quattro coperti e quattro uova sode. La nipote era una contadina robusta sulla quarantina, dalle mani rozze e dallo sguardo gentile: portava i capelli bruni coperti da un fazzoletto bianco legato sotto la gola. Accanto a lei sedeva il marito, un uomo anziano, dai corti capelli grigi appiccicati al cranio dal sudore della giornata;

aveva il viso scarno ed abbronzato, ma la fronte era pallida. Di fronte, sedevano due bambini biondi, apparentemente gemelli, che sembravano impazienti di dare inizio al pranzo, ma aspettavano che i genitori ingoiassero la prima cucchiaiata; si sono affrettati a disporre altri quattro coperti per noi, di modo che siamo rimasti un po' pigiati.

Io non avevo appetito, ma per non apparire scortese ho assaggiato un poco di zuppa; la padrona mi ha rimproverato con severità materna, come si farebbe con un bambino viziato: voleva sapere da me perché «mangiavo male». Faussone, in un rapido *a parte*, mi ha spiegato che in russo dire mangiare male è tanto come dire mangiare poco, allo stesso modo come da noi si dice mangiare bene invece che mangiare tanto. Io mi sono difeso come potevo, a gesti, smorfie e parole monche, e la signora, più discreta dei nostri due compagni di viaggio, non ha insistito.

Il battello ripartiva verso le quattro. Oltre al nostro gruppo, c'era a bordo un solo passeggero schiuso chissà di dove, un ometto smilzo e stracciato, dalla barba breve e rada ma incolta e dall'età indefinibile; aveva occhi limpidi ed insensati ed un solo orecchio: l'altro era ridotto a un brutto foro carnoso, da cui partiva una cicatrice diritta lunga fino al mento. Era anche lui amico fraterno di Differenza e degli altri due, e con noi italiani si è mostrato di ospitalità squisita: ha insistito per farci visitare il battello da prua a poppa, senza trascurare né la sentina dal soffocante puzzo di muffa, né le latrine che preferisco non descrivere. Appariva insulsamente fiero di ogni dettaglio, dal che abbiamo dedotto che fosse un marinaio in pensione, o forse un ex operaio del cantiere navale: ma parlava con un accento così inusitato, con una tale prevalenza delle *o* sulle *a*, che anche Faussone ha rinunciato a fargli domande, tanto in ogni modo le risposte non le avrebbe capite. I suoi amici lo chiamavano «Grafinia», «Contessa», e Differenza ha spiegato a Faussone che era veramente un conte, e che durante la rivoluzione era scappato in Persia e aveva cambiato nome, ma il suo racconto non ci è parso né chiaro né convincente.

Aveva ricominciato a fare caldo, e la riva sinistra del fiume, lungo la quale il battello navigava, era gremita di bagnanti: per lo più erano famiglie intere, che mangiavano e bevevano, diguazzavano nell'acqua o si arrostivano al sole su coperte stese sulla sponda polverosa. Alcuni, uomini e donne, portavano pudichi costumi che scendevano dal collo fino ai ginocchi; altri erano nudi, e si aggiravano attraverso la folla con naturalezza. Il sole era ancora alto: a bordo non c'era niente da bere, neppure acqua, e anche il triste vino dei nostri compagni era finito. Il conte era sparito, e gli altri tre russavano, sdraiati scompostamente sulle panchine. Io ero assetato ed accaldato; ho proposto a Faussone, una volta che fossimo sbarcati, di cercarci una qualche spiaggia isolata, spogliarci e fare una nuotata anche noi. Faussone ha taciuto per qualche istante, poi mi ha risposto di malumore:

«Lo sa bene che io non so nuotare. Gliel'ho detto quella volta che le ho raccontato del derrick e dell'Alasca. E che l'acqua mi fa impressione. E non vorrà mica che mi metta a imparare qui, in quell'acqua che magari è pulita ma è piena di correntini, e non c'è neanche un bagnino, e poi non sono più tanto giovane.

Il fatto è che da piccolo nessuno mi ha insegnato, perché dalle nostre parti acqua da nuotare non ce n'è; e quell'unica volta che avevo l'occasione, mi è andata male. Avevo incominciato, imparavo da solo, avevo il tempo e la buona volontà, e mi è andata male. È stato diversi anni fa, in Calabria, quando facevano l'autostrada, e mi avevano mandato laggiú con il gruista, io a montare il traliccio di varo, e lui a imparare a manovrarlo. Non lo sa che cosa è un traliccio di varo? Neanche io non lo sapevo, a quel tempo: è una maniera intelligente di fare i ponti di cemento armato, quelli che a vederli sembrano cosí semplici, coi piloni a sezione rettangola e sopra le travi appoggiate. Sono semplici di figura, ma metterli su non è tanto semplice, come tutte quelle cose che il pesantore ce l'hanno in alto, come chi dicesse i campanili eccetera; si capisce che fare le piramidi d'Egitto è un'altra cosa. Del resto, appunto, al paese di mio padre c'era un provèrbio che diceva "i ponti e i campanili lasciali fare ai vicini", che in dialetto fa rima.

Insomma, si immagini una valle un po' stretta, una strada che la deve attraversare in quota, e i piloni già fatti, diciamo a una cinquantina di metri uno dall'altro. Sa, quelli centrali possono anche essere alti sessanta o settanta metri, cosí non è questione di tirare su le travi con una gru, a parte il fatto che mica sempre il terreno sotto è praticabile; e in quel posto che le dicevo, appunto in Calabria, non lo era proprio niente, era la foce di uno di quei loro torrenti che ci passa l'acqua solo quando piove, cioè quasi mai, ma quando passa porta via tutto. Un greto di sabbia e di rocchi, neanche pensarci di piantarci su una gru; il pilone di mezzo era già di qualche metro dentro il mare. Bisogna anche pensare che una trave di quelle non è mica uno stecchino da pulirsi i denti, è un mastangone lungo come è largo corso Stupinigi, che pesa cento o anche centocinquanta tonnellate; e io non è che nelle gru non ci abbia fiducia, perché in fondo è il mio mestiere, ma una gru che alzi cento tonnellate a settanta metri hanno ancora da inventarla. Cosí hanno inventato il traliccio di varo.

Adesso non ho qui sottomano una matita, ma lei deve immaginarsi un carrello lungo, tanto lungo che si può solo montarlo su piazza, che era appunto il mestiere che dovevo fare io; per la precisione, lungo in maniera che appoggi sempre almeno su tre piloni. Nel nostro caso, tenuto conto dello spessore dei piloni, fa poco meno di centocinquanta metri. Ecco, questo è un traliccio di varo, e lo chiamano cosí perché serve a varare le travi: dentro al traliccio ci sono due rotaie, per tutta la sua lunghezza; sulle rotaie corrono due carrelli piú piccoli, e ognuno porta un argano. La trave

è per terra, in qualunque posto sotto il percorso del traliccio: i due argani lo tirano su fin dentro il traliccio, e poi
il traliccio cammina, si avvia piano piano come un bruco
e viaggia su dei rulli che sono piazzati sulla testata dei piloni; viaggia con dentro la trave, che fa pensare a una bestia gravida, viaggia di pilone in pilone finché è arrivato
al posto giusto, e lí gli argani girano a rovescio e il traliccio
partorisce la trave, voglio dire che la cala giú di precisione
nei suoi incastri. Io l'ho visto fare, e era un bel lavoro, di
quelli che dànno soddisfazione perché si vedono le macchine lavorare liscio, senza sforzare e senza fare rumore;
del resto, non so perché, ma vedere delle cose grosse che
camminano piano e senza fracasso, come per esempio una
nave quando parte, mi ha sempre fatto effetto, e mica solo
a me, anche degli altri me lo hanno raccontato. Quando poi
il ponte è finito, il traliccio si smonta, si porta via coi camion e serve per un'altra volta.

Questo che le dico sarebbe l'ideale, cioè come il lavoro
avrebbe dovuto andare, mentre invece è subito partito male. Non sto a fargliela lunga, ma tutti i momenti c'era una
grana, a cominciare dai profilati che dovevo montare io,
cioè i segmenti del traliccio che le ho detto, che non erano
a specifica e abbiamo dovuto rifilarli tutti, uno per uno.
Può capire che io ho protestato, anzi mi sono impuntato:
sarebbe bella che uno dovesse pagare per gli sbagli degli
altri, e un montatore mettersi lí a trafficare col seghetto e
con la lima. Sono andato dal capocantiere e gliel'ho can-
tata chiara: tutti i pezzi a norma, bene accatastati per ordine a piè d'opera, se no niente Faussone, che se ne andassero a cercare un altro per le Calabrie; perché a questo mondo, se uno si lascia bagnare il naso è finito».

Io continuavo a provare la tentazione dell'acqua, rinnovata ad ogni momento dallo sciacquio delle piccole onde
contro la chiglia, e dalle grida felici dei bambini russi, biondi solidi e radiosi, che si rincorrevano a nuoto e si tuffava-
no come lontre. Non avevo capito la correlazione fra il tra-

liccio di varo e il suo rifiuto dell'acqua e del nuoto, e gliene
ho chiesto cautamente conto. Faussone si è rabbuiato:

«Lei non mi lascia mai raccontare alla mia maniera», e
si è chiuso in un silenzio corrucciato. Il rimprovero mi è
sembrato (e mi sembra tuttora) del tutto fuori luogo, perché lo ho sempre lasciato parlare come voleva e per tutto
il tempo che voleva, e del resto il lettore ne è testimone;
ma ho taciuto per amor di pace. Il nostro doppio silenzio
è stato drammaticamente interrotto. Sulla panchina accanto, il signor Differenza si è svegliato, si è stirato, si è
guardato intorno sorridendo, ed ha cominciato a spogliarsi. Quando è stato in mutande, ha svegliato il suo amico
obeso e gli ha consegnato il fagotto dei suoi vestiti, ci ha
salutati urbanamente, ha scavalcato la ringhiera e si è buttato nel fiume. Con poche energiche bracciate si è portato
fuori dal risucchio dell'elica, poi, nuotando con tutta calma
su un fianco, si è diretto verso un gruppetto di case bianche
da cui si dipartiva un molo di legno. L'obeso si è subito
riaddormentato, e Faussone ha ripreso il racconto.

«Ecco, ha visto? Bene, a me fa rabbia, perché io non
sarei buono, non sarò mai buono a fare una cosa come
quella: perché il traliccio con il nuotare c'entra sí, ha solo
da avere pazienza che adesso il rapporto viene fuori. Deve sapere che a me stare sui cantieri mi piace, basta che tutto fili come deve, e invece quel capocantiere mi faceva venire il nervoso perché era uno di quelli che se ne fregano,
basta che gli arrivi la paga a fine mese, e non si rendono
conto che se uno se ne frega troppo magari poi la paga non
viene, né per lui né per gli altri. Era uno piccolino, con le
mani molli, e i capelli pettinati con la brillantina e la riga
in mezzo: biondi, che non sembrava neanche un calabrese,
e invece sembrava un galletto da tanto che era superbo. E
siccome lui mi ha risposto, io gli ho detto che andava giusto bene, se non c'era la collaborazione per me andava benissimo lo stesso, il tempo era bello, c'era il sole, c'era il mare
lí a due passi, io le ferie al mare non le avevo fatte mai, be-

ne, mi mettevo in ferie finché lui non mi avesse prontato tutti i segmenti del mio traliccio dal primo all'ultimo. Ho fatto il telegramma all'impresa, e siccome era convenienza anche per loro, mi hanno subito risposto di sí; e mi sembra che sono stato corretto, non le pare?

Per fare le ferie non mi sono neanche mosso da quel posto, per ripicca, perché volevo tenere d'occhio il cantiere, e perché tanto non c'era bisogno: mi sono messo a pensione in una casetta a neppure cento metri dai piloni di cemento. Dentro ci stava una famiglia di brava gente, anzi, pensavo proprio a loro poco fa a Dubrovka mentre eravamo a pranzo, perché la brava gente si somiglia dappertutto, e poi lo sanno tutti che fra i russi e i calabresi non c'è tanta differenza. Erano bravi, puliti, rispettosi e di buon umore; il marito faceva un mestiere strano, cioè aggiustava i buchi delle reti da pesca, la moglie teneva la casa e l'orto, e il bambino non faceva niente, ma era simpatico lo stesso. Io anche non facevo niente; di notte dormivo come un papa, in un silenzio che si sentivano solo le onde del mare, e di giorno prendevo il sole come un turista, e mi ero messo in mente che quella era l'occasione giusta per imparare a nuotare.

Glielo dicevo prima, che lí non mi mancava niente. Avevo tempo da vendere, nessuno che mi stesse a guardare o che mi disturbasse o che mi prendesse in giro perché imparavo a nuotare a quasi trent'anni, il mare era tranquillo, c'era una bella spiaggetta per riposarsi, e anche sul fondo non c'erano scogli, ma solo una sabbia fina e bianca, liscia come la seta, appena appena in pendenza in maniera che si poteva andare avanti quasi cento metri e si toccava ancora, l'acqua arrivava solo alle spalle. Con tutto questo, io glielo confesso che ero pieno di paura; non paura nella testa, non so se mi spiego, ma paura nella pancia e nei ginocchi, paura insomma come ce l'hanno le bestie, ma io sono anche un testone, lei se n'è già accorto, e allora mi sono fatto un programma. Prima cosa, dovevo farmi andar via la paura dell'acqua; poi dovevo convincermi che stavo a galla, ci stanno tutti, anche i bambini, anche le bestie, perché non dovevo starci io? Alla fine, poi, dovevo imparare l'avanzamento. Non mi mancava niente, neanche la programmazione, eppure non ero in pace come dovrebbe essere uno che sta in vacanza; mi sentivo dentro come qualche cosa che grattava, era tutto un po' combinato insieme, il rosicchiamento per il lavoro che non andava avanti, la rabbia contro quel capocantiere che non mi andava, e anche un'altra paura, che sarebbe quella di uno che si mette in mente di fare una cosa e poi non è capace di farla e allora perde la fiducia, cosí sarebbe meglio se non incamminasse neanche, ma siccome è testone incammina lo stesso. Adesso sono cambiato un poco, ma allora ero cosí.

Vincere la paura dell'acqua è stato il lavoro piú brutto, anzi devo dire che non l'ho vinta per niente, soltanto mi sono abituato. Ci ho messo due giorni: mi mettevo in piedi con l'acqua fino al petto, tiravo su il fiato, mi turavo il naso con le dita e poi mettevo la testa sott'acqua. Le prime volte era una morte, lo dico sul serio, mi sembrava di morire; non so se ce lo abbiano tutti, ma io avevo come un meccanismo automatico, appena avevo la testa dentro mi si chiudevano tutte le serracinesche qui nella gola, mi sentivo entrare l'acqua dentro le orecchie e mi pareva che colasse per quei due canalini fin dentro il naso, giú nel collo e nei polmoni, e mi facesse annegare. Cosí ero obbligato a alzarmi, e mi veniva quasi voglia di ringraziare il Padreterno perché ha separato l'acqua dall'asciutto, come è scritto nella Bibbia. Non era neanche una paura, era un orrore, come quando uno vede un morto all'improvviso e gli si drizzano tutti i peli: ma non anticipiamo, e insomma mi sono abituato.

Stare a galla, poi, ho visto che era una faccenda a due indritti. Avevo visto diverse volte come fanno gli altri, quando si mettono a fare il morto: ho provato anch'io, e galleggiavo, niente da dire, solo che per galleggiare mi dovevo

riempire i polmoni d'aria, come quei cassoni dell'Alasca
che le ho raccontato; e uno non può mica stare sempre con
i polmoni pieni, viene un momento che li deve pure vuotare, e allora mi sentivo affondare come i cassoni quando
è stata l'ora di rimorchiarli via, e ero obbligato a tirare cal-
ci nell'acqua piú presto che potevo, sempre con il fiato sospeso, finché sentivo la terra sotto i piedi; allora mi mettevo dritto respirando fitto fitto come un cane, e mi veniva
voglia di piantare lí. Ma sa come succede quando uno incontra una difficoltà e allora gli pare come se avesse fatto una
scommessa e gli spiace di perderla: a me capitava cosí, e
del resto mi succede anche sul lavoro, magari pianto lí un
lavoro facile ma non uno difficile. Tutto il guaio viene dal
fatto che abbiamo le condotte dell'aria dalla parte sbagliata: i cani, e ancora meglio le foche, che le hanno dalla parte giusta, nuotano fin da piccoli senza fare storie e senza che
nessuno gli insegni. Cosí mi sono rassegnato, per quella prima volta, a imparare a nuotare sulla schiena: mi sarei contentato, anche se non mi sembrava tanto naturale, ma se
uno sta in acqua sulla schiena ha il naso fuori, e allora teo-
ricamente respira. Da principio respiravo piccolo, in modo
da non vuotare troppo i cassoni, poi ho aumentato la corsa
poco per volta, finché mi sono convinto che si poteva anche respirare senza affondare, o almeno senza affondare il
naso che è il piú importante. Però bastava che arrivasse
un'ondina alta cosí che mi riprendeva la paura e perdevo
la bussola.

Facevo tutti i miei esperimenti, e quando mi sentivo
stanco o senza fiato andavo a riva e mi stendevo a prendere
il sole vicino al pilone dell'autostrada; ci avevo anche piantato un chiodo per appenderci i vestiti, se no si riempivano
di formiche. Gliel'ho detto, erano piloni alti una cinquantina di metri, o forse anche di piú: erano di cemento nudo,
con ancora lo stampo delle casseforme. A un due metri da
terra c'era una macchia, e le prime volte non ci ho fatto
neanche caso; una notte ha piovuto, e la macchia è venuta

fuori piú scura, ma anche quella volta non ci ho fatto caso. Certo che era una macchia strana: c'era solo quella, tutto il resto del pilone era pulito, e anche gli altri piloni. Era lunga un metro, quasi divisa in due pezzi, uno lungo e uno corto, come un punto esclamativo, solo un poco di sbieco».

Ha taciuto a lungo, strofinando le mani come se le lavasse. Si sentiva distinto il battito del motore, e già si distingueva in lontananza la stazione fluviale.

«Senta, non mi piace dire le bugie. Esagerare un poco sí, specie quando racconto del mio lavoro, e credo che non sia peccato, perché tanto chi sta a sentire si accorge subito. Bene, un giorno mi sono accorto che per traverso della macchia c'era una crepa, e una processione di formiche che entravano e uscivano. Mi è venuta la curiosità, ho battuto con un sasso e ho sentito che suonava cavo. Ho battuto piú forte, e il cemento era solo spesso un dito e si è sfondato; e dentro c'era una testa di morto.

Mi è sembrato che mi avessero sparato negli occhi, tanto che ho perso l'equilibrio, ma era proprio lí, e mi guardava. Subito dopo mi è venuta una malattia strana, mi sono uscite delle croste qui sulla vita, che mi smangiavano, cadevano e venivano fuori delle altre: ma io sono stato quasi contento perché avevo la scusa di piantare lí tutto e tornare a casa. Cosí a nuotare non ho imparato, né allora né dopo, perché tutte le volte che mi mettevo in acqua, fosse mare, o fiume, o lago, mi venivano dei brutti pensieri».

«... invece, quando mi hanno proposto di andare in India, non avevo tanta propensione. Non che ne sapessi tanto, dell'India: sa bene come si fa in fretta a farsi le idee sbagliate su un paese, e siccome il mondo è grande, e è tutto fatto di paesi, e praticamente uno non lo può girare tutto, finisce che uno si riempie di idee balorde su tutti i paesi, magari anche sul suo. Tutto quello che sapevo dell'India, glielo posso dire in due parole: che fanno troppi bambini, che muoiono di fame perché hanno la religione di non mangiare le mucche, che hanno ammazzato Gandi perché era troppo bravo, che è piú grande dell'Europa e parlano non so piú quante lingue, e allora in mancanza di meglio si sono messi d'accordo di parlare inglese; e poi quella storia di Movgli il Ranocchio, che quando ero piccolo credevo che fosse vera. Ah dimenticavo il fatto del Camasutra e dei centotrentasette modi di fare l'amore, o forse sono duecentotrentasette, non mi ricordo piú bene, l'ho letto una volta su una rivista mentre aspettavo di farmi tagliare i capelli.

Insomma quasi quasi avrei preferito restare a Torino: in quel periodo stavo in via Lagrange da quelle mie due zie, qualche volta invece di andare alla pensione vado da loro perché mi trattano bene, fanno cucina apposta per me, al mattino si alzano zitte zitte per non che io mi svegli, e vanno alla prima messa e a comperarmi le micchette ancora calde del forno. Hanno solo il difetto che vorrebbero che io mi maritassi, e fin qui niente di male; ma hanno la mano pesante, e mi fanno incontrare con delle ragazze che non sono tanto il mio tipo. Non ho mai capito dove vanno a trovarle: forse nei collegi delle monache, si somigliano tutte, sembrano di cera, gli parli e non si osano neanche di levarti gli occhi in faccia: mi dànno un imbarazzo terribile, non so da che parte incominciare e divento imbranato tal quale come loro. Cosí succede che delle altre volte che vengo a Torino, con le zie mi faccio neanche vivo e vado diretto alla pensione: anche per non dare disturbo.

Le dicevo allora che era un periodo che io ero un po' stanco di girare, e malgrado questa smania delle zie sarei rimasto tranquillo volentieri; ma all'impresa me l'hanno contata soave, conoscono il mio lato debole e sanno da che parte bisogna prendermi, che era un lavoro importante, che se non ci andavo io non sapevano chi altro mandare: dài oggi e dài domani, mi telefonavano tutti i giorni, io poi gliel'ho già detto che non tengo il minimo e che in città ci sto bene solo per poco tempo, sta di fatto che a fine febbraio ho cominciato a pensare che è meglio frustare le scarpe che i lenzuoli, e al primo di marzo ero a Fiumicino che mi imbarcavo sul Boeing tutto giallo delle linee aeree pachistane.

È stato un viaggio tutto da ridere: sto per dire che l'unico viaggiatore serio ero io. Metà erano turisti tedeschi e italiani, tutti gasati fin dalla partenza all'idea di andare a vedere la danza indiana perché credevano che fosse la danza del ventre, mentre invece io poi l'ho vista e è una faccenda tutta compunta, che si balla solo con gli occhi e con le dita; l'altra metà invece erano operai pachistani che tornavano a casa dalla Germania, con le mogli e i figli piccoli, e anche loro erano contenti, perché appunto tornavano a casa a fare le ferie. C'erano anche delle operaie, anzi proprio sul sedile vicino al mio c'era una ragazza con un sari viola, il sari sarebbe quel loro vestito senza maniche, senza davanti e senza didietro, una ragazza dicevo che era una bellezza. Non so come dire, sembrava trasparente e con un chiarino dentro, e aveva degli occhi che parlavano; peccato che parlava solo con gli occhi, voglio dire che sapeva solo l'indiano e un poco di tedesco, ma io il tedesco non ho mai voluto impararlo: se no avrei attaccato discorso volentieri, e garantito che sarebbe stata una conversazione piú viva che con quelle ragazze delle mie zie, che sia detto senza offendere sono poi tutte piatte come se ci fosse passato san Giuseppe. Be' sorvoliamo: anche perché, non so se capita anche a lei, ma a me le ragazze piú sono forestiere e piú mi piacciono, perché c'è la curiosità.

I piú allegri di tutti erano poi i bambini. Ce n'era un bordello e mezzo, e non avevano il posto a sedere, credo che quelle linee lí non gli facciano neanche pagare il biglietto. Erano scalzi e chiacchieravano fra di loro come tanti passerotti, e giocavano a nascondersi sotto i sedili, cosí ogni tanto te ne spuntava uno in mezzo alle gambe, ti faceva un sorrisino e scappava subito via. Quando l'aereo è stato sopra il Caucaso c'erano dei vuoti d'aria, e i passeggeri grandi chi aveva paura e chi si sentiva male. Invece loro hanno inventato un gioco nuovo: appena l'aereo virava un poco a sinistra, e si inclinava a sinistra, loro facevano un grido tutti insieme e si buttavano tutti a sinistra contro i finestrini; e poi a destra lo stesso, tanto che il pilota si è accorto che l'apparecchio sbandava e da principio non capiva perché e credeva che ci fosse un guasto; poi si è accorto che erano loro e ha chiamato la hostess e li ha fatti stare quieti. È la hostess che me l'ha raccontato, perché il viaggio era lungo e abbiamo fatto amicizia: anche lei era bella e aveva una perlina infilata in un'aletta del naso. Quando ha portato il vassoio col mangiare, c'erano solo come delle pomate bianche e gialle che facevano senso, ma pazienza, le ho mangiate lo stesso perché lei mi guardava e io non volevo fare il difficoltoso.

Sa come succede quando si sta per atterrare, che i motori rallentano un poco, l'apparecchio si inclina in avanti e sembra un grosso uccello stracco, poi scende sempre di piú, si vedono i lumi del campo, e quando poi escono gli alettoni e si alzano i diruttori vibra tutto e sembra come se l'aria fosse diventata ruvida: è stato cosí anche quella volta, ma è stato un brutto atterraggio. Si vede che dalla torre non davano il consenso, perché abbiamo cominciato a girare in tondo; e o che ci fossero delle turbolenze, o che il pilota non fosse tanto bravo, o che ci fosse qualche difetto, l'aereo tremolava come se volasse sui denti di una sega, e dal finestrino io vedevo le ali che battevano come quelle degli uccelli, appunto, come se fossero snodate; e è andata avanti cosí per una ventina di minuti. Non è che io fossi preoccupato, perché lo so che delle volte succede: ma mi è tornato in mente piú tardi, quando al ponte è successo quello che è successo. Basta, come Dio ha voluto siamo atterrati, i motori si sono smorzati e hanno aperto le portiere: ebbene, quando le hanno aperte è sembrato che invece dell'aria fosse entrata in cabina dell'acqua tiepida con un odore speciale, che è poi l'odore che in India si sente dappertutto: un odore spesso, un misto d'incenso, di cannella, di sudore e di marcio. Io non avevo tanto tempo da perdere, ho recuperato la valigia e sono filato a prendere il piccolo Dakota che mi doveva portare al cantiere, e fortuna che era quasi buio perché faceva paura a vederlo; quando poi è decollato, anche senza vederlo faceva ancora piú paura, ma tanto non c'era piú niente da fare, e del resto era un viaggio corto. Sembrava le auto dei film di Ridolini: ma io vedevo che gli altri erano tranquilli, e cosí sono rimasto tranquillo anch'io.

Ero tranquillo, e contento perché stavo per arrivare, e perché si trattava di incamminare un lavoro che mi andava. Non gliel'ho ancora detto, era un gran lavoro, c'era da montare un ponte sospeso, e io ho sempre pensato che i ponti è il piú bel lavoro che sia: perché si è sicuri che non ne viene del male a nessuno, anzi del bene, perché sui ponti passano le strade e senza le strade saremmo ancora come i selvaggi; insomma perché i ponti sono come l'incontrario delle frontiere e le frontiere è dove nascono le guerre. Bene, io sui ponti la pensavo cosí, e in fondo la penso cosí ancora adesso; ma dopo che ho montato quel ponte in India, penso anche che a me sarebbe piaciuto studiare; che se avessi studiato probabile che avrei fatto l'ingegnere; ma se io fossi un ingegnere, l'ultima cosa che farei sarebbe di progettare un ponte, e l'ultimo ponte che progetterei sarebbe un ponte sospeso».

Ho fatto notare a Faussone che il suo discorso mi sembrava un po' contraddittorio, e lui mi ha confermato che lo era; che però prima di giudicare aspettassi la fine della storia; che succede sovente che una cosa sia buona in generale e cattiva nel particolare; e che quella volta era stato proprio cosí.

«Il Dakota è atterrato in una maniera che non avevo ancora mai visto, e sí che di voli ne ho fatti diversi. Quando è stato in vista del campo, il pilota è sceso raso terra, ma invece di rallentare i motori ha dato tutto il gas facendo un fracasso del demonio; ha passato tutto il campo a due o tre metri di altezza, ha cabrato proprio sopra le baracche, ha fatto un giro a bassa quota, e poi è atterrato facendo tre o quattro saltelli come quando si tira nell'acqua una pietra piatta. Mi hanno spiegato che era per fare andare via gli avvoltoi, e infatti li avevo visti, mentre l'aereo scendeva, nella luce dei riflettori, ma non avevo capito che cosa fossero, sembravano delle vecchie accovacciate: ma poi non mi sono piú stupito, perché in India una cosa sembra sempre che sia un'altra. A ogni modo non è che si siano spaventati: si sono spostati un poco, ballonzolando con le ali mezze aperte, senza neanche prendere il volo, e appena l'aereo si è fermato si sono messi tutti intorno come se aspettassero qualche cosa, solo che ogni tanto uno dava una beccata lesta lesta al suo vicino. Sono delle gran brutte bestie.

Ma è inutile che le stia a raccontare dell'India, non si finirebbe piú, e poi magari lei ci è stato... no? Comunque, sono cose che si leggono sui libri; invece, come si tirano i cavi di un ponte sospeso, nei libri non c'è, o per lo meno non c'è l'impressione che fa. Cosí siamo arrivati all'aeroporto del cantiere, che poi era solo una piazza di terra battuta, e ci hanno messi a dormire nelle baracche. Non si stava neanche male, solo che faceva caldo; ma anche questa faccenda del caldo è meglio non insisterci, faccia conto che faceva caldo sempre, di giorno e di notte, e che da quelle parti si suda talmente tanto che uno con licenza non ha piú da andare al gabinetto. Insomma in tutta questa storia ci fa un caldo della forca e non sto piú a ripeterlo se no si perde tempo.

Il mattino dopo sono andato dal direttore dei lavori a presentarmi, era un ingegnere indiano e parlavamo inglese, e ci capivamo benissimo perché gli indiani l'inglese per conto mio lo parlano meglio degli inglesi, o almeno piú chiaro; invece gli inglesi non hanno cognizione, ti parlano in fretta e tutto masticato, e se non capisci si stupiscono e non fanno nessuno sforzo. Allora, mi ha spiegato il lavoro, e prima cosa mi ha dato una specie di veletta da mettere sotto il casco, perché da quelle parti c'è la malaria, e infatti alle finestre della baracca c'erano le zanzariere. Io ho visto che gli operai indiani del cantiere la veletta non ce l'avevano, e gli ho chiesto, e lui mi ha risposto che tanto quelli la malaria ce l'avevano già.

Quell'ingegnere era molto preoccupato; voglio dire, io al suo posto sarei stato preoccupato, ma lui, anche se lo era, non si vedeva. Parlava tutto tranquillo, e mi ha raccontato che a me mi avevano ingaggiato per tirare i cavi di sostegno del ponte sospeso; che il grosso del lavoro era già fatto, cioè a suo tempo avevano dragato il letto del fiume in cinque punti, dove si dovevano fare i cinque piloni; che era stato un lavoro balordo, perché quel fiume trascina molta sabbia, anche quando è in magra, e cosí gli riempiva gli scavi a mano a mano che li facevano; che poi avevano affondato i cassoni, e avevano mandato i minatori dentro i cassoni per scavare la roccia, e ne erano morti annegati due, ma insomma alla fine i cassoni li avevano affondati, riempiti di ghiaia e di cemento, in conclusione il lavoro sporco lo avevano già finito. A sentire questo discorso ho cominciato a preoccuparmi io, perché lui parlava dei due morti senza neanche darci peso, come se fosse una cosa naturale, e mi è sembrato di capire che quello era uno di quei posti dove uno della prudenza degli altri è meglio che non se ne fidi, e che ci metta la sua propria.

Le dicevo che al posto di quell'ingegnere io sarei stato un po' meno tranquillo: neanche due ore prima, gli avevano telefonato che stava capitando una cosa da non crederci, e cioè che, adesso che avevano finito i piloni, stava arrivando un'onda di piena e il fiume stava andando da un'altra parte; lui me l'ha detto cosí, come un altro direbbe che l'arrosto si è bruciato. Doveva proprio essere uno con le reazioni un po' lente. È arrivato un indiano col turbante e con una jeep, e lui mi ha detto tutto gentile che ci saremmo rivisti in un altro momento e che si scusava tanto; ma io ho capito che andava a vedere, gli ho chiesto di andare con lui, e lui ha fatto una smorfia che non ho capito, però mi ha detto di sí. Non saprei dire: forse perché aveva stima, forse perché un consiglio non si rifiuta mai, o anche forse solo per gentilezza, perché era uno molto gentile, ma di quelli che lasciano andare l'acqua per il suo verso. Aveva anche fantasia: mentre viaggiavamo con la jeep, e non le sto a dire che razza di strada, invece di pensare alla piena mi ha raccontato come avevano fatto per tendere le passerelle di servizio attraverso il fiume (lui li chiamava i chetuòk, i passi del gatto, ma io non credo che nessun gatto di buon senso ci sarebbe mai passato; gliene parlo poi dopo). Un altro avrebbe preso una barca, o avrebbe sparato una fiocina come quella delle balene: lui invece ha fatto venire tutti i bambini del paese lí vicino, e ha messo un premio di dieci rupíe per quello che era capace di far volare un aquilone fin sopra l'altra sponda. Un bambino c'è riuscito, lui gli ha pagato il premio, e non si è buttato via perché sono millecinquecento lire; poi allo spago dell'aquilone ha fatto annodare una cordicella piú grossa, e cosí via via fino ai cavetti d'acciaio dei chetuòk. Aveva appena finito di raccontare questa storia che siamo arrivati al ponte, e anche a lui gli è mancato il fiato.

Qui da noi non siamo abituati a pensare alla forza dei fiumi. In quel punto il fiume era largo settecento metri e faceva una curva; a me non sembrava tanto furbo fare il ponte proprio lí, ma pare che fosse obbligato perché ci doveva passare una ferrovia importante. Si vedevano i cinque piloni in mezzo alla corrente, e piú lontano gli altri piloni di avvicinamento, via via piú bassi per raccordarsi colla pianura; sui cinque piloni grossi c'erano già le torri di sostegno, alte una cinquantina di metri; e fra due dei piloni c'era già piazzato coricato un traliccio di servizio, insomma un ponte leggero, provvisorio, per montarci sopra la campata definitiva. Noi eravamo sulla sponda di destra, che era rinforzata con un argine di cemento, bello robusto, ma lí il fiume non c'era già piú: nella notte, aveva cominciato a mangiare la sponda di sinistra, dove c'era un argine uguale, e al mattino presto l'aveva sfondata.

Intorno a noi c'era un centinaio di operai indiani, e non facevano neanche una piega: stavano a guardare il fiume tutti tranquilli, seduti sui calcagni in quella loro maniera che io non resisterei due minuti, non so come facciano, si vede che a loro gli insegnano da piccoli. Quando vedevano l'ingegnere si alzavano in piedi un momento e lo salutavano mettendosi le mani cosí sullo stomaco, giunte come per pregare, facevano un piccolo inchino e tornavano a sedersi. Noi eravamo troppo in basso per vedere bene la situazione, e allora ci siamo arrampicati su per la scaletta del traliccio di sponda, e allora sí che lo spettacolo lo abbiamo visto.

Sotto di noi, come le dicevo, l'acqua non c'era piú: solo un fango nero, che cominciava già a fumare e a puzzare sotto il sole, con dentro tutta una confusione di alberi strappati, tavole, fusti vuoti e carogne di bestie. L'acqua correva tutta contro la sponda sinistra, proprio come se avesse avuto la volontà di portarla via, e difatti, mentre stavamo lí incantati a guardare senza sapere che cosa fare e che cosa dire, abbiamo visto staccarsi un pezzo di argine, lungo una decina di metri, andare a sbattere contro uno dei piloni, rimbalzare e filare a valle sulla corrente, come se invece che di cemento fosse stato di legno. L'acqua aveva già portato via un bel tratto della sponda sinistra, si era infilata nella breccia e stava allagando i campi dall'altra parte: aveva scavato un lago rotondo largo piú di cento metri, e dentro arrivava sempre altra acqua come una bestia cattiva che volesse fare danno, girava in tondo per la spinta che aveva, e si allargava a vista d'occhio.

Giú lungo la corrente arrivava di tutto: non solo dei rottami, ma sembravano delle isole galleggianti. Si vede che piú a monte il fiume passava attraverso un bosco, perché venivano giú degli alberi ancora con le foglie e le radici, e fino dei pezzi di sponda tutti interi, che non si capiva come facessero a stare a galla, con sopra erba, terra, piante in piedi e coricate, insomma dei pezzi di paesaggio. Viaggiavano a tutta velocità, delle volte si infilavano fra i piloni e filavano via dall'altra parte, delle altre volte picchiavano contro i basamenti e si spaccavano in due o tre pezzi. Si vede proprio che i piloni erano solidi, perché contro i basamenti si era formato tutto un intreccio di tavole, di rami e di tronchi, e si vedeva la forza che faceva l'acqua, che si ammucchiava contro e non riusciva a portarli via, e faceva un fracasso strano, come un tuono ma sotto terra.

Parola, io mi sono detto contento che l'ingegnere fosse lui; ma se fossi stato io al suo posto, credo che mi sarei dato da fare un po' di piú. Non dico che lí su due piedi si potesse poi fare gran che, ma io ho avuto l'impressione che lui, se avesse seguito il suo sentimento, si sarebbe seduto sui calcagni anche lui come i suoi operai, e sarebbe rimasto lí a guardare chissà fino a quando. A me sembrava che non fosse educazione dargli dei consigli, io che ero appena arrivato a lui che era ingegnere; ma poi, visto che lui era chiaro come il sole che non sapeva che pesci pigliare, andava su e giú per la riva senza dire niente, e insomma girava sempre sulla stessa pianella, mi sono fatto coraggio e gli ho detto che secondo me sarebbe stata una bella cosa fare arrivare dei sassi, dei rocchi, piú grossi che si poteva, e buttarli giú sulla riva sinistra: ma un po' in frettina, perché mentre noi parlavamo il fiume aveva portato via d'un colpo solo altri due lastroni dell'argine, e il vortice dentro il lago si era messo a girare ancora piú in fretta. Abbiamo fatto per salire sulla jeep, e proprio in quel momento abbiamo visto arrivare giú un gnocco di alberi, terra e ramaglie grosso senza esagerare come una casa, e rotolava come una palla; s'è infilato nella campata dove c'era il traliccio di servizio, lo ha piegato come una paglia e l'ha tirato giú nell'acqua. C'era proprio poco da fare; l'ingegnere ha detto agli operai che se ne andassero a casa, e anche noi siamo tornati alle baracche a telefonare per le pietre; ma strada facendo l'ingegnere mi ha detto, sempre tutto quieto, che tutto lí in giro non c'era altro che campi, terra nera e fango, e se io volevo una pietra grossa come una noce, dovevo andarla a cercare a almeno cento miglia lontano: come se le pietre fossero un mio capriccio, di quelli che li hanno le donne che aspettano un bambino. Insomma era un tipo gentile ma strano, sembrava che giocasse invece di lavorare, e mi faceva venire i nervi.

Lui si è messo a telefonare non ho capito bene a chi, mi è sembrato a un ufficio del governo; parlava in indiano e io non capivo niente, ma mi è sembrato che arrivasse prima la centralinista, poi la segretaria della segretaria, poi la segretaria quella giusta, e l'uomo che lui cercava non veniva mai, e alla fine è saltata la linea, insomma un poco come da noi, ma lui non ha perso la pazienza e ha ricominciato da capo. Fra una segretaria e l'altra mi ha detto che però, secondo lui, per diversi giorni lí al cantiere non avrei avuto niente di utile da fare: se volevo, che restassi pure, ma lui mi consigliava di prendere il treno e andare a Calcutta, e io ci sono andato. Non ho capito bene se questo consiglio me l'ha dato per gentilezza oppure per togliermi dai piedi; certo che io non ci ho fatto un gran guadagno. Lui per verità mi aveva subito detto che non provassi neanche a cercare una camera in albergo: mi ha dato l'indirizzo di una casa privata, che andassi pure lí perché erano suoi amici, e che mi sarei trovato bene anche per l'igiene.

Non sto a raccontarle di Calcutta: sono stati cinque giorni buttati via. C'è piú di cinque milioni di abitanti e una gran miseria, e si vede subito: pensi che appena uscito dalla stazione, e era sera, ho visto una famiglia che andava a letto, e andava a letto dentro un pezzo di tubo di cemento, un tubo nuovo di quelli per le fognature, lungo quattro metri e diametro uno: c'erano il papà la mamma e tre bambini, nel tubo avevano messo un lumino, e due pezzi di tela uno da una parte e uno dall'altra; ma erano ancora fortunati perché la gran parte dormivano cosí sul marciapiede come viene viene.

Gli amici dell'ingegnere è venuto fuori che non erano degli indiani ma dei parsi, e che lui era un medico, e con loro mi sono trovato bene: quando hanno saputo che ero italiano mi hanno fatto delle gran feste, chissà poi perché. Io i parsi non sapevo che cosa fossero, anzi neppure che esistessero, e per dire la verità non è che anche adesso io abbia le idee tanto chiare. Forse lei che è di un'altra religione sa spiegarmi...»

Ho dovuto deludere Faussone: dei parsi non sapevo praticamente nulla, salvo la faccenda macabra dei loro funerali, in cui, perché il cadavere non contamini né la terra, né l'acqua, né il fuoco, esso non viene né sepolto né sommerso né cremato, bensí dato in pasto agli avvoltoi nelle Torri del Silenzio. Ma credevo che queste torri non ci fossero piú, fin dal tempo di Salgari.

«Mai piú: ci sono ancora, me lo hanno raccontato loro,

che però non sono di chiesa e mi hanno detto che loro quando muoiono si fanno sotterrare alla maniera regolare. Ci sono ancora, non a Calcutta ma a Bombay: sono quattro, ognuna con la sua squadra di avvoltoi, ma funzionano solo quattro o cinque volte all'anno. Bene, mi hanno raccontato una novità. È venuto un ingegnere tedesco con tutti i prospetti, si è fatto ricevere dai preti dei parsi, e gli ha raccontato che i loro tecnici avevano studiato una griglia da mettere sul fondo delle torri: una griglia di resistenze elettriche, senza fiamma, che brucia il morto piano piano senza fare puzze e senza contaminare niente. Tra parentesi, ci voleva proprio un tedesco; ogni modo, i preti si sono messi a discutere e sembra che discutano ancora adesso, perché anche lí c'è i modernisti e i conservatori. Il medico questa storia me l'ha contata ridendoci sopra, e la moglie è venuta fuori a dire che secondo lei non se ne fa niente, non per via della religione, ma dei chilovattora e dell'amministrazione locale.

A Calcutta costa tutto molto poco, mà io non mi osavo di comperare niente, e neanche di andare al cine, per via della sporcizia e delle infezioni; stavo a casa a chiacchierare con la signora parsi, che era piena d'educazione e di buon senso, anzi adesso bisogna che mi ricordi di mandarle una cartolina, e mi spiegava tutto dell'India, che non si finirebbe mai. Io però friggevo e tutti i giorni telefonavo al cantiere, ma l'ingegnere o non c'era o non si faceva trovare. L'ho trovato poi al quinto giorno, e mi ha detto che tornassi pure, che il fiume era in magra e si poteva incamminare il lavoro; e via che sono andato.

Mi presento all'ingegnere, che aveva sempre quella sua aria di sognar patate, e lo trovo in mezzo al cortile delle baracche, con intorno una cinquantina di uomini, e sembrava che mi aspettasse. Mi ha salutato alla sua maniera, con le mani sul petto, e poi a sua volta mi presenta alla mia maestranza: "This is mister Peraldo, your Italian foreman"; tutti mi fanno la riverenzina con le mani congiunte e io resto lí come un salame. Credevo che si fosse dimenticato il mio nome, perché sa bene che i forestieri hanno sempre difficoltà coi nomi, e a me per esempio mi pareva che tutti gli indiani si chiamassero Sing, e pensavo che a lui fosse capitato lo stesso. Gli ho detto che non ero Peraldo ma Faussone, e lui mi ha fatto il suo sorriso angelico e mi ha detto: "Sorry, sa, voi europei avete tutti la stessa faccia". Insomma a poco per volta è venuto fuori che questo ingegnere, che si chiamava Ciaitània, era pasticcione non solo nel suo lavoro ma anche nei nomi, e che questo mister Peraldo non se l'era sognato ma esisteva proprio, era un assistente di Biella che combinazione doveva arrivare anche lui quella mattina, e era il responsabile dell'ancoraggio dei cavi del ponte, e infatti è arrivato da lí a un poco; e io sono stato contento perché trovare un compaesano fa sempre piacere. Come poi avesse fatto l'ingegnere a confondermi con lui, e a dire che avevamo la stessa faccia, resta un mistero, perché io sono lungo e magro e lui era uno tracagnotto, io ero sulla trentina e lui aveva cinquant'anni suonati, lui aveva i baffetti come Charlot e io di peli già allora avevo solo piú questi pochi qui dietro, insomma se ci somigliavamo, ci somigliavamo nella piega dei gomiti, e nel fatto che anche a lui gli piaceva bere e mangiare bene; che da quelle parti non era una cosa tanto facile.

Di incontrare un assistente biellese in un posto cosí fuori mano, non mi ha fatto neanche tanta meraviglia, perché se uno gira il mondo, in tutti i cantoni trova un napoletano che fa la pizza e un biellese che fa i muri. Una volta ne ho incontrato uno in Olanda su un cantiere, e diceva che Dio ha fatto il mondo, salvo l'Olanda che l'hanno fatta gli olandesi; ma le dighe per gli olandesi le hanno fatte gli assistenti biellesi, perché la macchina per fare i muri non l'ha ancora inventata nessuno; e mi è sembrato un bel proverbio, anche se adesso non è piú tanto vero. Questo Peraldo è stata una fortuna averlo incontrato, perché aveva girato il mondo peggio di me, e la sapeva lunga, anche se non parlava tanto; e anche perché, non so come avesse fatto, ma aveva in baracca una bella scorta di Nebiolo, e ogni tanto me ne offriva. Me ne offriva un poco, non tanto, perché anche lui non era tanto grandioso e non voleva intaccare il capitale; e aveva anche ragione, perché il lavoro è andato poi per le lunghe, e in questo bisogna ben dire che tutto il mondo è paese, di lavori che finissero nei termini del preventivo io ne ho visti mica tanti.

Mi ha portato a vedere i tunnel per gli ancoraggi: perché i cavi di quel ponte, lei capisce che sono sotto una bella trazione, e allora i soliti capicorda non bastano piú. Dovevano essere ancorati in un blocco di calcestruzzo, fatto a forma di cuneo e incastrato in un tunnel inclinato ricavato dalla roccia. I tunnel erano quattro, due per ogni cavo: ma che tunnel! Erano come delle grotte. Non avevo mai visto niente che gli somigliasse, lunghi ottanta metri, larghi dieci all'entrata e quindici in fondo, con una pendenza di trenta gradi... Eh no, non faccia quella faccia, perché poi lei queste cose le scrive, e non vorrei che venissero fuori degli spropositi: o caso mai, mi scusi, ma non per colpa mia».

Ho promesso a Faussone che mi sarei attenuto con la miglior diligenza alle sue indicazioni; che in nessun caso avrei ceduto alla tentazione professionale dell'inventare, dell'abbellire e dell'arrotondare; che perciò al suo resoconto non avrei aggiunto niente, ma forse qualche cosa avrei tolto, come fa lo scultore quando ricava la forma dal blocco; e lui si è dichiarato d'accordo. Cavando dunque dal grande blocco dei dettagli tecnici che lui, non molto ordinatamente, mi ha forniti, si è delineato il profilo di un ponte lungo e snello, sostenuto da cinque torri fatte di scatole d'acciaio, ed appeso a quattro festoni di cavo d'acciaio. Ogni festone era lungo 170 metri, e ognuno dei due cavi era costituito da una mostruosa treccia di undicimila fili singoli del diametro di cinque millimetri.

«Le ho già detto quell'altra sera che per me ogni lavoro è come il primo amore: ma quella volta ho capito subito che era un amore impegnativo, uno di quelli che se uno ne viene fuori con tutte le penne vuol dire che è stato fortunato. Prima di incominciare ho passato una settimana come a scuola, a lezione dagli ingegneri: erano sei, cinque indiani e uno dell'impresa; quattro ore al mattino col quaderno degli appunti e poi tutto il pomeriggio a studiarci su: perché era proprio come il lavoro del ragno, solo che i ragni nascono che il mestiere lo sanno già, e poi se cascano cascano dal basso e non si fanno gran che, anche perché loro il filo ce l'hanno incorporato. Del resto, dopo di questo lavoro che le sto raccontando, ogni volta che vedo un ragno nella sua ragnatela mi ritornano in mente i miei undicimila fili, anzi ventiduemila perché i cavi erano due, e mi sento un poco suo parente, specialmente quando tira vento.

Poi mi è toccato a me di fare la lezione ai miei uomini. Questa volta erano indiani indiani, non come quegli alascani che le ho raccontato prima. Da principio devo confessarle che non avevo fiducia, a vedermeli lí d'intorno seduti sui calcagni, o qualcun altro invece con le gambe incrociate e le ginocchia larghe, come le statue nelle loro chiese che avevo visto a Calcutta. Mi guardavano fisso e non facevano mai domande; ma poi, un poco alla volta, li ho presi uno per uno e ho visto che non avevano perso una parola, e secondo me sono piú intelligenti di noi, o forse è che avevano paura di perdere il lavoro, perché da quelle parti non fanno complimenti. Sono poi gente come noi, anche se hanno il turbante e non hanno le scarpe e tutte le mattine caschi il mondo passano due ore a pregare. Hanno anche loro le loro grane, ce n'era uno che aveva un figlio di sedici anni che giocava già ai dadi e lui era preoccupato perché perdeva sempre, un altro aveva la moglie ammalata, e un altro ancora aveva sette figli ma diceva che lui non era d'accordo col governo e l'operazione non la voleva fare, perché a lui e a sua moglie i bambini gli piacevano, e mi ha anche fatto vedere la fotografia. Erano proprio belli, e era bella anche sua moglie: tutte le ragazze indiane sono belle, ma Peraldo, che era in India da un pezzo, mi ha spiegato che con loro niente da fare. Mi ha anche detto che in città è diverso, ma c'è in giro certe malattie che è meglio lasciar perdere; insomma alla finitiva non ho mai fatto digiuno come quella volta in India. Ma torniamo al lavoro.

Le ho già detto dei chetuòk, cioè delle passerelle, e del trucco dell'aquilone per tirare il primo cavo. Chiaro che non si poteva mica far volare ventiduemila aquiloni. Per tirare i cavi di un ponte sospeso c'è un sistema speciale: si piazza un argano, e a sei o sette metri sopra ogni passerella si tira un cavo senza fine, come una di quelle cinghie di trasmissione che usavano una volta, teso fra due carrucole una per sponda; attaccato al cavo senza fine c'è una puleggia folle, con quattro gole; dentro ogni gola si passa un'ansa del filo singolo, che viene da un grande rocchetto; e poi si mettono in moto le carrucole e si tira la puleggia da sponda a sponda; cosí, con un viaggio si tirano otto fili. Gli operai, a parte quelli che mettono su le anse e quelli che le tolgono, stanno sulla passerella, due ogni cinquanta metri, a sorvegliare che i fili non si incavallino: ma dirlo è una cosa, e farlo è un'altra.

È fortuna che gli indiani sono gente di buon comando: perché lei deve pensare che le passerelle non è come andare a spasso in via Roma. Primo, sono inclinate, perché hanno la stessa pendenza che avrà poi il cavo di sostegno; secondo, basta un filo di vento a farle ballare che è una bellezza, ma del vento avrò poi da parlargliene dopo; terzo, dato che devono essere leggere e appunto non dare presa al vento, hanno il pavimento fatto di griglia, cosí uno è meglio se non si guarda i piedi, perché se guarda vede l'acqua del fiume sotto, color del fango, con dentro degli affarini che si muovono, e visti di lassú sembrano pesciolini da frittura mentre invece sono le schiene dei coccodrilli: ma gliel'ho già detto che in India una cosa sembra sempre che sia un'altra. Peraldo mi ha contato che non ce n'è piú tanti, ma quei pochi vengono tutti dove si monta un ponte perché mangiano le immondizie della mensa, e perché aspettano che qualcuno caschi giú. L'India è un gran bel paese ma non ha delle bestie simpatiche. Anche le zanzare, a parte il fatto che attaccano la malaria, e che appunto oltre al casco uno bisogna sempre che porti la veletta come le signore di una volta, sono delle bestiacce lunghe cosí, che se uno non sta attento mollano dei morsiconi da portare via il pezzo; e mi hanno anche detto che ci sono delle farfalle che vengono di notte a succhiare il sangue mentre uno dorme, ma io veramente non le ho mai viste, e per dormire ho sempre dormito bene.

La malizia di quel lavoro di tendere i fili è che i fili bisogna che abbiano tutti la stessa tensione: e su una lunghezza come quella non è tanto facile. Facevamo due turni di sei ore, dall'alba al tramonto, ma poi abbiamo dovuto organizzare una squadra speciale che montava di notte, prima che venisse il sole, perché di giorno capita sempre che ci sono dei fili al sole, che scaldano e dilatano, e degli altri all'ombra, e allora la registrazione bisogna farla a quell'ora lí, perché tutti i fili hanno la stessa caloria: e questa registrazione poco da fare mi è sempre toccato di farla a me.

Siamo andati avanti cosí per sessanta giorni, sempre con la puleggia folle che andava avanti e indietro, e la ragnatela cresceva, bella tesa e simmetrica, e dava già l'idea della sagoma che il ponte avrebbe avuto dopo. Faceva caldo, gliell'ho già detto, anzi, le avevo anche detto che non gliel'avrei piú detto, ma insomma faceva caldo; quando calava giú il sole era un sollievo, anche perché allora potevo rientrare in baracca e bere un bicchiere e cambiare parola con Peraldo. Peraldo aveva cominciato da manovale, poi era diventato muratore e poi cementista; era stato un po' dappertutto, e anche quattro anni in Congo a fare una diga, e da raccontare ne aveva, ma se mi metto a raccontarle anche le storie degli altri in piú delle mie finisce che non finisco piú.

Quando la tesatura è stata terminata, a guardare da lontano si vedevano i due cavi che andavano da una sponda all'altra coi loro quattro festoni, fini e leggeri appunto come fili di ragno: ma a guardarli da vicino erano due fasci da far paura, spessi settanta centimetri; e li abbiamo compattati con una macchina speciale, come un torchio fatto a anello che viaggia lungo il cavo e lo stringe con una forza di cento tonnellate, ma in questo io non ci ho messo mano. Era una macchina americana, l'avevano spedita fin laggiú col suo specialista americano che guardava tutti di traverso, non parlava con nessuno e non lasciava che nessuno si avvicinasse, si vede che aveva paura che gli portassero via il segreto.

A questo punto il difficile sembrava che fosse fatto: le funi verticali di sospensione le abbiamo tirate su in pochi giorni, le pescavamo coi paranchi dai pontoni che stavano sotto, e sembrava proprio di pescare delle anguille, ma erano anguille che pesavano quindici quintali l'una; e finalmente è stata l'ora di cominciare a piazzare la carreggiata, e nessuno lo poteva indovinare, ma è stato proprio lí che è cominciata l'avventura. Bisogna che le dica che, dopo il guaio di quella piena improvvisa che le ho detto, avevano fatto finta di niente ma il mio consiglio l'avevano pure seguito: mentre io ero a Calcutta avevano fatto arrivare un finimondo di camion carichi di pietroni, e come l'acqua è scesa, gli argini li hanno consolidati ben bene. Ma sa com'è la storia di quel gatto scottato, che dopo aveva paura dell'acqua fredda: per tutto il montaggio, da in cima del mio passo del gatto io l'acqua la tenevo d'occhio, e avevo anche ottenuto dall'ingegnere che mi mettesse un telefono volante a disposizione, perché pensavo che se aveva da venire un'altra piena era meglio arrivare prima; e non pensavo che il pericolo veniva da un'altra parte, e a giudicare da come sono andate le cose, non ci pensava nessuno, e neanche non ci avevano pensato i progettisti.

Io quei progettisti non li ho mai visti in faccia, non so neppure di che razza fossero, però ne ho conosciuti degli

altri, e tanti, e so che ce n'è di diverse maniere. C'è il progettista elefante, quello che sta sempre dalla parte della ragione, che non guarda né l'eleganza né l'economia, che non
vuole grane e mette quattro dove basta uno: e in genere
è un progettista già un po' vecchiotto, e se lei ci ragiona
sopra vede che è una faccenda triste. C'è il tipo rancino, invece, che sembra che ogni rivetto lo deva pagare di tasca
sua. C'è il progettista pappagallo, che i progetti invece di
studiarci su tira a copiarli come si fa a scuola, e non si accorge che si fa ridere dietro. C'è il progettista lumaca, voglio
dire il tipo burocrate, che va piano piano, e appena lo tocchi
si tira subito indietro e si nasconde dentro al suo guscio che
è fatto di regolamenti: e io, senza offendere, lo chiamerei
anche il progettista balengo. E alla fine c'è il progettista
farfalla, e io credo proprio che i progettisti di quel ponte
fossero di questo tipo qui: e è il tipo piú pericoloso, perché sono giovani, arditi e te la dànno a intendere, se gli
parli di soldi e di sicurezza ti guardano come uno sputo, e
tutto il loro pensiero è per la novità e per la bellezza: senza pensare che, quando un'opera è studiata bene, viene
bella per conto suo. Mi scusi se mi sono sfogato, ma quando
uno su un lavoro ci mette tutti i suoi sentimenti, e poi finisce
come quel ponte che le sto raccontando, ebbene, dispiace.
Dispiace per tanti motivi: perché uno ha perso tanto tempo,
perché dopo succede sempre un putiferio con gli avvocati
e il codice e i settemila accidenti, perché uno anche se non
c'entra niente finisce sempre che si sente un po' di colpa;
ma piú che tutto, vedere venire giú un'opera come quella,
e il modo poi come è venuta giú, un pezzo per volta, come
se patisse, come se resistesse, faceva male al cuore come
quando muore una persona.

E proprio come quando muore una persona, che dopo
tutti dicono che loro l'avevano visto, da come respirava,
da come girava gli occhi, cosí anche quella volta, dopo il disastro, tutti volevano dire la sua, perfino l'indiano dell'operazione: che si vedeva benissimo, che le sospensioni erano

scarse, che l'acciaio aveva delle soffiature grosse come dei fagioli, i saldatori dicevano che i montatori non sapevano montare, i gruisti dicevano che i saldatori non sapevano saldare, e tutti insieme se la prendevano con l'ingegnere e gli leggevano la vita, che dormiva in piedi e batteva la calabria e non aveva saputo organizzare il lavoro. E forse avevano ragione un po' tutti, o magari nessuno, perché anche qui è un po' come per le persone, a me è già successo tante volte, un traliccio per esempio, collaudato e stracollaudato che sembra che debba stare lí un secolo, e comincia a cioccare dopo un mese; un altro che non scommetteresti quattro soldi, niente, non fa una ruga. E se lei si mette nelle mani dei periti fa un bell'affare, ne vengono tre e dànno tre ragioni diverse, mai visto un perito che cavasse il ragno dal buco. Si capisce che se uno muore, o una struttura si sfascia, una ragione ci deve pur essere, ma non è detto che sia una sola, o se sí, che sia possibile trovarla. Ma andiamo con ordine.

Le ho detto che per tutto questo lavoro aveva sempre fatto caldo, tutti i giorni, un caldo bagnato che era difficile abituarsi, io però verso la fine mi ero abituato. Bene, a lavoro finito, che c'erano già i verniciatori arrampicati un po' dappertutto e sembravano moscerini su una ragnatela, mi sono accorto che tutto d'un colpo aveva smesso di fare caldo: il sole era già spuntato, ma invece di fare caldo come al solito, il sudore asciugava addosso e si sentiva fresco. Ero anch'io sul ponte, a metà della prima campata, e oltre al fresco ho sentito due altre cose che mi hanno fatto restare lí bloccato come un cane da caccia quando punta: ho sentito il ponte che mi vibrava sotto i piedi, e ho sentito come una musica, ma non si capiva da che parte venisse: una musica, voglio dire un suono, profondo e lontano, come quando provano l'organo in chiesa, perché da piccolo io in chiesa ci andavo; e mi sono reso conto che tutto veniva dal vento. Era il primo vento che sentivo da quando ero atterrato in India, e non era un gran vento, però era costante, come il vento che uno sente quando va in auto piano piano e tiene la mano fuori del finestrino. Mi sono sentito inquieto, non so perché, e mi sono incamminato verso la testata: forse sarà anche questo un effetto del nostro mestiere, ma le cose che vibrano a noi ci piacciono poco. Sono arrivato al pilone di testa, mi sono voltato indietro, e mi sono sentito drizzare tutti i peli. No, non è un modo di dire, si drizzano proprio, uno per uno e tutti insieme, come se si svegliassero e volessero scappare: perché da dove ero io si vedeva tutto il ponte d'infilata, e capitava una cosa da non crederci. Era come se, sotto quel fiato di vento, anche il ponte si stesse svegliando. Sí, come uno che ha sentito un rumore, si sveglia, si scrolla un po', e si prepara a saltare giú dal letto. Tutto il ponte si scuoteva: la carreggiata scodinzolava a destra e a sinistra, e poi ha incominciato a muoversi anche nel piano verticale, si vedevano delle onde che correvano dal mio capo all'altro, come quando si scuote una corda lenta; ma non erano piú vibrazioni, erano onde alte uno o due metri, perché ho visto uno dei verniciatori che aveva piantato lí il suo lavoro e si era messo a correre verso di me, e un po' lo vedevo e un po' non lo vedevo, come una barca nel mare quando le onde sono grosse.

Tutti sono scappati via dal ponte, anche gli indiani andavano un po' piú in fretta del solito, e c'è stato un gran gridare e un gran disordine: nessuno sapeva che cosa fare. Anche i cavi di sospensione si erano messi in movimento. Sa come succede in quei momenti, che uno dice una cosa e un altro un'altra; ma dopo qualche minuto si è visto che il ponte, non che si fosse fermato, ma le onde si erano come stabilizzate, andavano e rimbalzavano da un capo all'altro sempre con la stessa cadenza. Non so chi abbia dato l'ordine, o forse è qualcuno che si è presa l'iniziativa, ma ho visto uno dei trattori del cantiere che infilava la carreggiata del ponte rabastandosi dietro due cavi da tre pollici: forse volevano tirarli in diagonale per frenare le oscillazioni, certo chi lo ha fatto ha avuto un bel coraggio, o meglio una bella incoscienza, perché io non credo proprio che con quei due cavi, anche se fossero riusciti a fissarli, si potesse fermare una struttura come quella, pensi che la carreggiata era larga otto metri e alta uno e mezzo, faccia un po' il conto delle tonnellate che erano lí in giostra. Ogni modo, non hanno fatto a tempo a fare niente, perché di lí in poi le cose sono precipitate. Forse il vento si era rinforzato, non saprei dire, ma verso le dieci le onde verticali erano alte quattro o cinque metri, e si sentiva tremare la terra, e il fracasso delle sospensioni verticali che si allentavano e si tendevano. Il trattorista ha visto la mala parata, ha mollato lí il trattore e è scappato a riva: e ha fatto bene, perché subito dopo la carreggiata ha cominciato a torcersi come se fosse stata di gomma, il trattore sbandava a destra e a manca, e a un certo punto ha scavalcato il parapetto, o forse lo ha sfondato, e è finito nel fiume.

Uno dopo l'altro, si sono sentiti come dei colpi di cannone, li ho contati, erano sei, erano le sospensioni verticali che si strappavano: si strappavano netto, a livello della carreggiata, e i monconi per il contraccolpo volavano verso il cielo. Insieme, anche la carreggiata ha cominciato a svirgolarsi, a dissaldarsi, e cadeva a pezzi nel fiume; degli altri pezzi, invece, rimanevano appesi ai travi come degli stracci.

Poi è finito tutto: tutto è rimasto lí fermo, come dopo un bombardamento, e io non so che faccia avessi, ma uno lí vicino a me tremava tutto e aveva la faccia verdolina, ben che era uno di quegli indiani col turbante e la pelle scura. A conti fatti, erano andate giú due campate della carreggiata, quasi intere, e una dozzina delle sospensioni verticali; invece, i cavi principali erano a posto. Tutto era fermo come in una fotografia, salvo il fiume che continuava a correre come se niente fosse stato: eppure il vento non era caduto, anzi era piú forte di prima. Era come se qualcuno avesse voluto fare quel danno, e poi si fosse accontentato. E a me è venuta in mente un'idea stupida: ho letto in un libro che, nei tempi dei tempi, quando incominciavano un ponte ammazzavano un cristiano, anzi non un cristiano perché allora non c'erano ancora, ma insomma un uomo, e lo mettevano dentro alle fondazioni; e piú tardi invece ammazzavano una bestia; e allora il ponte non crollava. Ma appunto, era un'idea stupida.

Io poi me ne sono venuto via, tanto i cavi grossi avevano resistito, e il mio lavoro non era da rifare. Ho saputo che dopo hanno cominciato a discutere sul perché e sul percome, e che non si sono messi d'accordo, e discutono ancora adesso. Io, per conto mio, quando ho visto il piano della carreggiata che incominciava a battere su e giú, ho subito pensato a quell'atterraggio a Calcutta, e alle ali del Boeing che battevano come quelle di un uccello, e mi avevano fatto passare un brutto momento, anche se ho volato tante volte; ma insomma non saprei dire. Certo il vento c'entrava: e infatti mi hanno detto che adesso il ponte lo stanno rifacendo, ma con delle aperture nella carreggiata, per non che il vento incontri troppa resistenza.

No, di ponti sospesi non ne ho montati piú. Me ne sono venuto via, non ho salutato nessuno, solo Peraldo. Non è stata una bella storia. È stato come quando vuoi bene a una ragazza, e lei ti pianta da un giorno all'altro e tu non sai perché, e soffri, non solo perché hai perso la ragazza, ma anche la fiducia. Bene, mi passi la bottiglia che beviamo ancora una volta: tanto stasera pago io. Sí, sono tornato a Torino, e c'è calato poco che non mi mettessi nelle curve con una di quelle ragazze delle mie zie che le dicevo al principio, perché ero giú di morale e non facevo resistenza: ma questa è un'altra storia. Poi mi sono fatto una ragione».

Aveva piovuto per tutta la notte, a tratti in folate silenziose di goccioline cosí minute da confondersi con la nebbia, a tratti in raffiche violente: queste tamburellavano con fracasso sulle lamiere ondulate che facevano da tetto alle baracche dei magazzini, costruite senza un piano decifrabile intorno alla foresteria. Un modesto ruscello che scorreva poco lontano si era ingrossato, e per tutta la notte la sua voce era penetrata nei miei sogni, confondendosi con le immagini di alluvione e rovina evocate dal racconto indiano di Faussone. All'alba, una pigra alba umida e grigia, ci siamo trovati assediati dal sacro fango fertile della pianura sarmatica, il fango bruno liscio e profondo che nutre il grano e inghiotte gli eserciti invasori.

Sotto le nostre finestre razzolavano i polli, avvezzi al fango come le anitre, a cui contendevano i lombrichi: Faussone non ha mancato di farmi notare che in quelle condizioni i polli nostrani sarebbero annegati; ecco confermati ancora una volta i vantaggi della specializzazione. I russi e le russe dei servizi circolavano impavidi, infilati nei loro stivali alti fino al ginocchio. Noi due abbiamo aspettato fin verso le nove che arrivassero le auto che ci dovevano condurre ai rispettivi luoghi di lavoro, poi abbiamo cominciato con le telefonate, ma verso le dieci è stato chiaro che il cortesissimo «al piú presto» con cui ci veniva risposto voleva dire «non oggi, e domani solo se avremo fortuna». Le auto erano impantanate, guaste, destinate ad altro servizio, e inoltre non ci erano mai state promesse, ha proseguito la soave voce telefonica, con la nota indifferenza russa alla plausibilità dei pretesti singoli ed alla mutua compatibilità dei pretesti multipli. «Paese senza tempo», ho commentato io, e Faussone mi ha risposto: «Questione di non prendersela; del resto, non so lei, ma io sono pagato anche per questo».

Mi era rimasta in mente la storia che lui aveva lasciata in sospeso, sulla ragazza delle zie, quella che per poco non lo aveva messo nei guai: quali guai?

Faussone è stato elusivo. «Nei guai. Con una ragazza, tre volte su quattro uno si mette nei guai, specie se non sta attento fin dal principio. Non c'era comprensione, non facevamo che contraddirci, lei non mi lasciava parlare e voleva sempre dire la sua e allora io facevo lo stesso. Noti che era una in gamba e di faccia era anche abbastanza bella, ma aveva tre anni piú di me e era un po' giú di carrozzeria. Non dico, avrà avuto i suoi meriti, ma per lei ci andava un marito diverso, uno di quelli che bollano la cartolina e arrivano a ora fissa e non dicono bè. Poi alla mia età uno comincia a diventare difficile, e mica detto che ormai per me non sia troppo tardi».

Si è avvicinato alla vetrata, e mi è sembrato sopra pensiero e di umore tetro. Fuori pioveva un po' meno, ma si era levato un vento impetuoso; gli alberi agitavano i rami come se gesticolassero, e si vedevano correre raso terra dei curiosi ammassi di sterpi globosi, grossi da mezzo metro a un metro; volavano via rotolando e saltellando, modellati cosí dall'evoluzione per disseminarsi altrove: aridi e insieme tenebrosamente vivi, sembravano fuggire dalla foresta di Pier delle Vigne. Ho mormorato una vaga frase consolatoria, come si conviene, invitandolo a confrontare la sua età con la mia, ma lui ha ripreso a parlare come se non mi avesse sentito:

«Una volta era piú facile: non stavo mica a pensarci su due volte. Io veramente di natura ero timido, ma alla Lancia, un po' per la compagnia, un po' dopo che mi hanno

messo alla manutenzione e che ho imparato a saldare, sono
venuto piú ardito e ho preso sicurezza; sí, saldare è stato importante, non saprei dire perché. Forse perché non è un lavoro naturale, specialmente saldare autogeno: non viene
di natura, non assomiglia a nessun altro lavoro, bisogna che
la testa le mani e gli occhi imparino ciascheduno per conto suo, specie gli occhi, perché quando ti metti davanti agli
occhi quello schermo per ripararti dalla luce vedi solo del
nero, e nel nero il vermino acceso del cordone di saldatura
che viene avanti, e deve venire avanti sempre alla stessa velocità: non vedi neanche le tue mani, ma se non fai tutto
a regola, e sgarri anche di poco, invece di una saldatura fai
un buco. Sta di fatto che dopo che ho preso sicurezza a saldare, ho preso sicurezza a tutto, fino alla maniera di camminare: e anche qui, la pratica che ho fatto nella bottega di
mio padre, altroché se mi è venuta a taglio, perché mio padre buonanima mi aveva insegnato a fare i tubi di rame
dalla lastra, allora i semilavorati non si trovavano, si prendeva la lastra, si battevano gli orli a bisello, si incaval-
cavano i due orli, si copriva il giunto con il borace e con
graniglia di ottone, e poi si passava sulla forgia a coke, né
troppo piano né troppo in fretta, se no l'ottone o che scappa
fuori, o che non fonde: tutto cosí a occhio, se lo immagina che lavoro? E poi, dal tubo grosso si facevano i tubi
piú piccoli alla trafila, tirando con l'argano a mano, e ri-
cuocendo a ogni passata, roba da non crederci; ma alla fine
la giunta si vedeva appena appena, solo la venatura piú chiara dell'ottone: a toccare con le dita non si sentiva niente.
Adesso è un altro lavorare, si capisce, ma io ho idea che se
certi lavori li insegnassero a scuola, invece di Romolo e Remo, si guadagnerebbe.

Le stavo dicendo che imparando a saldare ho imparato
un po' tutto: e cosí è successo che il primo lavoro di montaggio un po' importante che mi è capitato, e era proprio
un lavoro di saldatura, mi sono portato una ragazza appresso: che poi, a dire la verità, di giorno non sapevo bene cosa

farmene, e anche lei poveretta mi veniva dietro, si metteva sull'erba sotto ai tralicci, fumava una sigaretta dopo l'altra e si annoiava, e io di lassú la vedevo piccola piccola. Era un lavoro in montagna, in Val d'Aosta, in un bellissimo posto, e anche la stagione era buona, era il principio di giugno: c'era da finire di montare i tralicci di una linea ad alta tensione, e poi c'era da tirare i cavi. Io avevo vent'anni, mi avevano appena dato la patente, e quando l'impresa mi ha detto di prendere il furgoncino 600 con su tutti gli attrezzi, di farmi dare l'anticipo e di partire, mi sono sentito fiero come un re. Mia madre a quel tempo era ancora viva, e stava al paese, cosí non le ho detto niente, e alle zie, si capisce, ancora meno, per non dargli un dispiacere, perché loro, questione ragazze, si credevano di avere l'esclusiva. Lei era in vacanza, era una maestra di scuola, la conoscevo solo da un mese e la portavo a ballare da Gay, ma non le è sembrato vero e ci è stata subito; non era di quei tipi che fanno delle storie.

Lei capisce che con tre faccende cosí in un colpo, la ragazza, il lavoro d'impegno e il viaggio in auto, mi sentivo fuori giri come un motore imballato: avere vent'anni allora era come averne diciassette adesso, e io guidavo come un cretino. Ben che non ero ancora tanto pratico, e poi il furgoncino tirava un po' l'ala, io cercavo di passare tutti, e di passarli facendogli la barba: e noti che a quel tempo l'autostrada non c'era ancora. La ragazza aveva paura, e io, sa come si è a quell'età, ero contento che lei avesse paura. A un certo momento la macchina ha starnutito due o tre volte e poi si è fermata: io ho aperto il cofano e mi sono messo a trafficare nel motore dandomi tutte le arie che potevo, ma per verità non ne capivo niente, e il difetto non l'ho trovato. Dopo un poco la ragazza ha perso la pazienza: io non volevo, ma lei ha fermato un motociclista della Stradale che ci desse una mano. In un momento, lui ha infilato uno stecco dentro il serbatoio e mi ha fatto vedere che non c'era piú neanche una goccia di benzina: e difatti io lo

sapevo che l'indicatore era guasto, ma me n'ero dimenticato per via della ragazza. Lui se n'è andato senza fare com-
menti, ma io mi sono sentito un po' ridimensionato, e forse è stato un bene, perché di lí in poi ho guidato piú ragionevole e siamo arrivati senza incidenti.

Ci siamo sistemati in un alberghetto da buon patto, in
due camere separate per la convenienza, poi io mi sono
presentato agli uffici dell'Azienda elettrica e lei se n'è andata a spasso per conto suo. Confronto a certi altri che ho
fatto dopo, e qualcuno gliel'ho già raccontato, quello non
era un lavoro gran che, ma io era il mio primo lavoro fuori
officina e mi sentivo pieno di entusiasmo. Mi hanno condotto a un traliccio già quasi finito, mi hanno spiegato che
l'altro montatore si era messo in mutua, mi hanno dato i
disegni d'insieme e i dettagli dei nodi e mi hanno piantato
lí. Era un traliccio in tubolari zincati, di quelli a forma di
Y: era a un'altezza sui 1800 metri, e all'ombra delle rocce
c'era ancora qualche chiazza di neve, ma i prati erano già
pieni di fiori; si sentiva l'acqua che scorreva e gocciolava
da tutte le parti come se avesse piovuto, ma invece era il
disgelo, perché di notte gelava ancora. Il traliccio era alto
trenta metri: c'erano già i sollevatori piazzati, e a terra il
bancone dei carpentieri che preparavano i pezzi per la saldatura. Mi hanno guardato con un'aria strana, e sul momento non ho capito perché: poi, quando hanno preso
un po' piú di confidenza, è venuto fuori che il montatore
di prima non era in mutua, ma in infortunio, e che insomma gli era mancato un piede, era volato giú per fortuna
non tanto dall'alto, e in definitiva era in ospedale con diverse costole rotte. Hanno creduto bene di dirmelo non
per farmi paura, ma perché erano gente di buon senso e
vecchi del mestiere, e a vedermi cosí, tutto allegro e gri-
dellino, con la ragazza sotto che mi guardava, e io che facevo l'erlo a venti metri di quota, senza neppure la cinta...»
Ho dovuto interrompere la narrazione per causa dell'er-

lo. La locuzione mi era nota («fare l'erlo» vuol dire press'a poco «mostrare baldanza», «fare il gradasso»), ma speravo che Faussone me ne spiegasse l'origine, o almeno mi chiarisse che cosa è un erlo. Non siamo andati molto lontano: lui sapeva vagamente che l'erlo è un uccello, e che appunto fa l'erlo con la sua femmina per indurla alle nozze, ma niente di piú. In seguito, e per conto mio, ho svolto qualche ricerca, da cui è risultato che l'erlo è lo Smergo Maggiore, una specie di anitra dalla bella livrea, ormai molto raro in Italia; ma nessun cacciatore ha potuto confermarmi che il suo comportamento sia cosí peculiare da giustificare la metafora che è tuttora largamente usata. Faussone ha ripreso, con un'ombra di fastidio nella voce:

«Già, perché io di cantieri ormai ne ho girati tanti, in Italia e fuori: delle volte ti sotterrano sotto i regolamenti e le precauzioni neanche tu fossi un deficiente oppure un bambino appena nato, specialmente all'estero; delle altre ti lasciano fare quello che diavolo vuoi perché tanto, anche se ti rompi la testa, l'assicurazione ti paga per nuovo: ma in tutti e due i casi, se non hai prudenza tu per conto tuo, presto o tardi finisci male, e la prudenza è piú difficile da imparare che il mestiere. Per solito si impara dopo, e è ben difficile che uno la impari senza passare dei guai: fortunato quello che i guai li passa subito e piccoli. Adesso ci sono gli ispettori dell'infortunio, che ficcano il naso dappertutto, e fanno bene; ma anche se fossero tutti dei padreterni, e sapessero i trucchi di tutti i lavori, che poi non è neanche possibile perché di lavori e di trucchi ce n'è sempre di nuovi: bene, lei crede che non capiterebbe piú niente? Sarebbe come credere che se tutti obbedissero al codice della strada non succederebbero piú incidenti d'auto: eppure mi dica se conosce un guidatore che non ha mai avuto un incidente. Ci ho pensato su tante volte: bisogna che gli incidenti non vengano, ma vengono, e bisogna imparare a stare sempre con gli occhi aperti cosí; oppuramente cambiare mestiere.

Bene, se io sono arrivato intero alla fine di quel lavoro che le dicevo, e senza neanche un livido, è proprio perché c'è un dio per i ciucchi e per gli innamorati. Ma guardi che io non ero né uno né l'altro: quello che mi importava era di fare bella figura con la ragazza che mi stava a guardare dal prato, proprio come dicono che faccia questo erlo con la sua erla. Se ci ripenso mi viene freddo ancora adesso, e sí che sono passati dei begli anni. Andavo su e giú per il traliccio attaccandomi alle traverse, senza passare mai per la scaletta alla marinara, lesto come Tarzan; per fare le saldature, invece di sedermi o mettermi a cavallo, come fanno le persone di senso, stavo in piedi, o magari anche su un piede solo, e alé, giú col cannello, e il disegno lo guardavo e non lo guardavo. Bisogna proprio dire che l'assistente contrario era una brava persona, o forse non ci vedeva bene, perché quando io ho dato il lavoro per finito, lui si è arrampicato su piano piano, con un'aria da papalotto, e di tutte le mie saldature, che saranno state piú di duecento, me ne ha fatte rifare solo una dozzina: eppure me ne accorgevo bell'e da solo che le mie erano degli scarabocchi, tutte grottolute e piene di soffiature, mentre lí vicino c'erano quelle del montatore che si era fatto male, che sembravano ricamate; ma vede bene come è giusto il mondo, lui che era prudente era caduto, e io che facevo il balengo tutto il tempo non mi sono fatto niente. E bisogna anche dire che, o le mie saldature ben che storte erano robuste, o che il progetto era abbondoso, perché quel traliccio è ancora lí, e sí che di inverni ne ha già visti una quindicina. Beh sí, io questa debolezza ce l'ho: non è che mi tacchi di andare fino in India o in Alasca, ma se ho fatto un lavoro, per il bene o per il male, e non è troppo fuori mano, ogni tanto mi piace andarlo a trovare, come si fa con i parenti di età, e come faceva mio padre con i suoi lambicchi; cosí, se una festa non ho niente di meglio da fare, prendo su e vado. Quel traliccio che le dicevo, poi, lo vado a trovare volentieri, anche se è niente di speciale e fra tutti quelli che passano di lí non ce n'è uno che gli getti un occhio: perché è stato in sostanza il mio primo lavoro, e anche per via di quella ragazza che mi ero portato appresso.

Io sulle prime credevo che fosse una ragazza un po' strana, perché non avevo esperienza e non sapevo che tutte le ragazze sono strane, o per un verso o per un altro, e se una non è strana vuol dire che è ancora piú strana delle altre, appunto perché è fuori quota, non so se mi spiego. Era una della Calabria, voglio dire che i suoi erano arrivati dalla Calabria, ma lei le scuole le aveva fatte qui da noi, e che venisse da quelle terre si capiva solo un poco dai capelli e dal colorito, e perché era un po' piccola: dal parlare non si conosceva. Per venire in montagna con me aveva avuto da dire con i suoi, ma non tanto, perché erano sette figli e uno piú uno meno non ci facevano neanche caso, e poi era la piú grande e era maestra, cosí aveva abbastanza indipendenza. Le dicevo che mi era sembrata strana, ma piú che altro era strana la situazione, perché anche lei era la prima volta che prendeva il volo fuori della famiglia e fuori della città, e per giunta io l'avevo portata in dei posti dove lei non c'era mai stata, e si faceva meraviglia di tutto, a cominciare dalla neve d'estate e dal cine che facevo io per farle impressione. Basta, la prima sera lassú non me la dimenticherò mai.

Era fuori stagione, in quell'albergo c'eravamo solo noi due, e io mi sentivo il padrone del mondo. Abbiamo ordinato un desinare da gran signori, perché, magari lei non tanto, ma io, dopo quella giornata passata all'aperto e tutte le mie ginnastiche, avevo un appetito da suonatori; e abbiamo anche bevuto parecchio. Io il vino lo tengo bene, e del resto lei lo sa, ma lei, tra il sole che aveva preso, e il vino che non c'era abituata, e il fatto di essere noi due soli lí come in un deserto, e la poca gente che c'era non ci conosceva, e quell'aria fina: sta di fatto che le era venuto il fou rire, parlava a ruota libera mentre invece per solito era abbastanza riservata, e piú che tutto era sbafumata da fare impressione; io credo perfino che avesse qualche lineetta di febbre, perché a chi non ci ha l'abitudine il sole fa quell'effetto lí. Insomma a farla corta dopo cena abbiamo fatto due passi fuori, che c'era ancora un po' di chiaro, ma faceva già fresco e lei si vedeva bene che non aveva il piede sicuro, o forse anche faceva finta, si attaccava tutta a me e diceva che aveva voglia di andare a dormire. Cosí l'ho portata a letto, non nel suo, si capisce, perché la storia delle due camere era solo per l'occhio del mondo, come se poi lassú ci fosse stato qualcuno che guardava i casi nostri. E non fa neppure bisogno che io le stia a raccontare di quella notte, perché lei se lo immagina da solo e del resto queste cose uno se ne ha bisogno non ha nessuna difficoltà a documentarsi.

In tre giorni di lavoro io avevo finito con le saldature, e come anche tutti gli altri tralicci erano pronti, era ora di cominciare a tendere i cavi. Sa, a vederli dal basso sembrano fili da cucire, ma sono di rame, sui dieci millimetri, insomma mica tanto maneggevoli. Certo che in confronto con quell'altra tesatura in India che le ho raccontato questo era un lavoro piú semplice, ma bisogna contare intanto che era il mio primo lavoro, e poi che la tensione va regolata precisa, specie per i due cavi laterali, quelli che sono appesi di fuori delle due branche dell'Y, altrimenti è tutta la base del traliccio che va in torsione. Ma non abbia paura, questa è una storia senza incidenti, salvo quello del montatore che era venuto prima di me; e neanche incidenti dopo non ne sono venuti, voglio dire al traliccio, che infatti è ancora lassú che sembra nuovo, come le ho già raccontato. Perché sa, fra un elettrodotto e un ponte sospeso, come quello famoso in India, c'è una bella differenza, per il fatto che sui ponti ci passa la gente e sugli elettrodotti solo i chilovattora; insomma gli elettrodotti sono un po' come i libri che scrive lei, che saranno magari bellissimi, ma insomma se viceversa fossero un po' scarsi, parlando con licenza non muore nessuno e ci rimette solo l'utente che li ha comperati.

Tendere i cavi, a regola, non sarebbe stato della mia partita, e avrei dovuto tornare, ma io, dopo che avevo finito di saldare e mi avevano dato il collaudo, sono filato negli uffici e mi sono offerto come tenditore, perché cosí la storia con la ragazza sarebbe andata avanti ancora qualche giorno. Devo dire che a quell'epoca avevo una faccia di bronzo che adesso non me la sogno neanche: non saprei dire perché, forse è soltanto che in quella occasione ne avevo bisogno, e che la funzione sviluppa l'organo. Sta di fatto che hanno telefonato a Torino, si sono messi d'accordo e mi hanno prolungato l'ingaggio; non è che io fossi piú furbo di loro, è che veramente la squadra erano tutte leccie, e uno in piú, modestia a parte abbastanza robusto, gli faceva comodo. Bene, vuol credere? Io non mi rendevo conto, ma, almeno come si faceva a quel tempo, era proprio un lavoro da bestie, che al confronto il lavoro della Lancia era da signorine. Sa, il cavo di rame è pesante, è rigido e insieme è delicato, perché è fatto a treccia, e se fregando sui sassi si lesiona uno dei fili, addio, si disfa tutto come quando si smagliano le calze, e bisogna scartare diversi metri e fare due giunte, sempre che il committente sia d'accordo: e in tutte le maniere vien fuori un brutto lavoro. E allora, perché non freghi sul terreno, bisogna tenerlo alto e tirare ben forte che non si spanci, e svolgere la bobina dal di sopra invece che dal di sotto, appunto per guadagnare altezza; insomma la nostra squadra, che poi esclusi i presenti era una dozzina di riformati, mi faceva venire in mente Volga Volga, con la differenza che invece che fino alla morte si tirava solo fino alle sei di sera. Io mi facevo coraggio pensando alla ragazza, ma intanto ogni giorno che passava mi venivano sempre piú vesciche sulle mani, che per stare poi con la ragazza erano una noia, ma mi dava ancora piú noia farmi vedere da lei attaccato al cavo come un asino al carretto. Ho cercato di farmi mettere con i sollevatori, cioè con quelli che tirano su da terra la tesata di cavo e la piazzano attaccata agli isolatori, ma non c'è stato verso, sa bene, quando un lavoro è comodo e ben pagato nasce subito la camorra. Niente: mi è toccato andare avanti col volgavolga per tutta la settimana, e gli ultimi due giorni era in salita e il cavo oltre che le mani mi sgarognava la spalla.

Mentre che io ruscavo, la ragazza andava in giro per il paese a parlare con la gente, e una bella sera mi ha detto qual era il suo programma per il week-end. Io veramente, soltanto il fatto che un programma pur che sia lo avesse fatto lei mentre che io stavo attaccato al cavo, mi faceva girare un po' l'anima ma ho fatto finta di niente per cavalleria; o almeno ho cercato di far finta di niente, ma la ragazza rideva e diceva che si vedeva dalla maniera che mi grattavo il naso. Avevo anche poi delle ragioni piú buone, e cioè che dopo sei giorni di quel lavoro attaccato ai cavi avevo piú voglia di dormire che di arrampicarmi su per le montagne: o magari di fare l'amore, ma sempre a letto insomma. Invece no; le avevano riempito la testa con la faccenda della natura, e che in una valle vicino a quella dell'elettrodotto c'era un posto fantastico dove si vedevano i ghiacciai e gli stambecchi e le montagne della Svizzera e perfino le morene che io non ho mai capito cosa siano e credevo che fossero dei pesci buoni da mangiare. Insomma a farla corta lei ha capito subito qual è il mio lato debole, che è quello dell'onore; un po' per scherzo e un po' sul serio mi ha dato del patamollo e del pelandrone, perché ben che fosse delle Calabrie il nostro parlare lo ha imparato fin da bambina, sta di fatto che il sabato, subito dopo la sirena del cantiere, lei mi ha forato con lo spillo tutte le vesciche nuove della giornata, mi ha messo la tintura di iodio sulla farlecca che avevo sulla spalla, abbiamo fatto su i sacchi e siamo partiti.

Guardi, non lo so neanche io perché sto a raccontarle questa storia. Forse è per via di questo paese, di questa pioggia che non finisce mai e delle macchine che non ci vengono a prendere: è per via del contrasto, insomma. Sí, perché poi aveva ragione lei, la ragazza: era veramente un bel paesaggio. E anche per un altro contrasto, a pensarci bene, fra avere vent'anni e averne trentacinque, e fra fare una cosa per la prima volta e farla quando si è fatta l'abitudine; ma dirle queste cose a lei, che di anni ne ha parecchi piú di me, ho idea che non faccia neanche bisogno.

Lei si era informata, come le avevo detto, e aveva deciso che il nostro viaggio di nozze (lei diceva proprio cosí, ma io non ero tanto convinto) lo dovevamo fare a un bivacco fisso che adesso non mi ricordo neppure il nome, però il posto è difficile che me lo dimentichi, e anche la notte che ci abbiamo passata; non perché ci abbiamo fatto l'amore, ma per il contorno. Adesso mi hanno detto che li mettono giú con gli elicotteri, ma a quel tempo questi bivacchi fissi non erano gran che, e la piú parte delle persone, anche quelli che dormono nella biglietteria di Porta Nuova, se li obbligassero a dormire lí dentro farebbero reclamo. Erano come delle mezze botti di lamiera, di due metri per due, con una portina per entrare come quella dei gatti, e dentro soltanto un materasso di crine, qualche coperta, una stufetta grossa come una scatola di scarpe, e se andava bene un po' di pane secco lasciato lí da quelli che ci erano passati prima. Essendo appunto che avevano la forma di un mezzo cilindro erano alti un metro piú o meno, e bisognava entrarci a quattro gambe; sul tetto c'erano delle bandelle di rame che servivano da parafulmine, ma soprattutto come controventature perché la tempesta non portasse via tutto, e anche, piantata dritta, una pala col manico lungo piú di due metri, perché sporgesse dalla neve nelle mezze stagioni e facesse da segnale, e serviva appunto anche a spalare la neve quando il bivacco rimaneva coperto.

Per l'acqua non c'era problemi: quel bivacco era montato su uno sprone di roccia alto due metri sopra un ghiacciaio in piano. Io avevo una gran voglia di andarci a spasso sopra, ma la ragazza mi ha detto che era pericoloso per via dei crepacci, e che anzi se uno finiva in un crepaccio non venivano neppure a tirarlo su perché tanto si sapeva già che era colpa sua, e poi del resto non valeva neanche la pena perché il piú delle volte uno arriva in fondo che è già bell'e morto per i colpi e per lo sbordimento, e se non è morto muore di freddo prima che arrivino i soccorsi. Le avevano spiegato cosí giú a valle nell'ufficio delle guide; se poi sia tutto vero o no io non glielo saprei garantire, perché a vedere due merli come noi avranno magari preso le loro precauzioni. Le dicevo che per l'acqua non c'erano problemi, perché faceva caldo da parecchie settimane, la neve sul ghiacciaio si era sciolta, il ghiaccio era rimasto nudo, e nel ghiaccio l'acqua aveva scavato come dei canaletti verdolini, una quantità, tutti paralleli come se li avessero fatti a tratteggio. Vede che per trovare delle cose strane tante volte non c'è bisogno di andare in Alasca. E anche l'acqua che gli correva dentro aveva un gusto che non avevo mai sentito prima, e che non glielo saprei spiegare, perché sa bene che i gusti e gli odori è difficile spiegarli fuori che con degli esempi, come chi dicesse odore d'aglio o gusto di salame; ma direi proprio che quell'acqua aveva gusto di cielo, e difatti veniva dal cielo dritta dritta.

Neanche per il mangiare c'erano problemi, perché c'eravamo portati dietro tutto quello che ci voleva e poi abbiamo raccolto della legna per la strada e abbiamo perfino acceso un fuoco e fatto cucina come costumava una volta; e quando è venuto notte, ci siamo accorti di avere sopra la testa un cielo come io non l'avevo mai visto e neppure sognato, talmente pieno di stelle che mi sembrava fino fuori tolleranza, voglio dire che per due come noi, gente di città, un montatore e una maestra, era un'esagerazione e un lusso sprecato. Come si è folli a vent'anni! Pensi che abbiamo passato quasi metà della notte a domandarci perché le stelle sono tante cosí, a cosa servono, da quanto tempo ci sono, e anche a cosa serviamo noi e cosí via, e cosa

succede dopo morti, insomma delle domande che per uno
con la testa sul collo non hanno nessun senso, specie per
un montatore. E la seconda metà della notte l'abbiamo passata come lei s'immagina, ma in un silenzio cosí completo,
e in un buio cosí spesso, che ci sembrava di essere in un
altro mondo e avevamo quasi paura, anche perché ogni tanto si sentivano dei rumori che non si capivano, come dei
tuoni lontani o come un muro che si diroccasse: lontani
ma profondi, che facevano tremolare la roccia sotto le nostre schiene.

Ma poi, a un certo punto della notte, si è cominciato a
sentire un rumore diverso, e quello sí che mi ha fatto venire paura senza piú nessun quasi, paura secca, tanto che
io mi sono messo le scarpe e ho fatto per andare fuori a vedere che cosa c'era, ma con cosí poca convinzione che
quando la ragazza mi ha detto in un soffio "no no, lascia
stare che prendi freddo" ho subito fatto marcia indietro
e mi sono rimesso sotto la coperta. Sembrava una sega,
ma una sega coi denti radi e spuntati, che cercasse di se-
gare la lamiera del bivacco, e il bivacco faceva da cassa
armonica e ne veniva fuori un rabadan mai sentito. Ra-
schiava alla stracca, uno o due colpi e poi silenzio e poi di
nuovo un colpo o due; fra una raschiata e l'altra si sentiva
dei sbuffi e come dei colpi di tosse. Morale della favola,
con la scusa del freddo siamo rimasti chiusi lí dentro fino
a quando si è visto un filino di luce tutto intorno alla porta: anche perché quel rumore di sega non si sentiva piú,
soltanto i soffi e sempre piú piano. Sono uscito fuori, e
c'era uno stambecco stravaccato contro la parete del bivacco: era grosso ma sembrava malato, era brutto, tutto spe-
lacchiato, perdeva le bave e tossiva. Forse stava per morire, e ci ha fatto pena a pensare che avesse voluto svegliarci
perché lo aiutassimo, o che avesse voluto venire a morire
vicino a noi.

Vuol dire? È stato come un segnale, come se grattando
con i corni contro la lamiera avesse voluto dirci una cosa.

Con quella ragazza io credevo che fosse un principio, e invece era una fine. Tutta quella giornata non abbiamo piú saputo cosa dirci; e poi, dopo che siamo tornati a Torino, io le telefonavo e le facevo delle proposte, e lei non diceva di no, ma consentiva con un'aria da lasciami stare che ci voleva poco a capire. Non so, si vede che ne aveva trovato uno piú giusto di me, magari appunto uno di quelli che bollano la cartolina: e mica detto che non abbia avuto ragione, considerato la vita che faccio io. Per esempio, adesso sarebbe sola».

Si è spalancata la porta, ed insieme con una folata di aria odorosa di funghi è entrato un autista infagottato in una tuta impermeabile lucida di pioggia: sembrava un palombaro. Ci ha fatto capire che la macchina era arrivata e ci aspettava fuori, davanti al cancello. Due? Non due, una, ma molto grande. Gli abbiamo spiegato che dovevamo andare da due parti diverse, ma ha detto che non aveva importanza: avrebbe accompagnato prima me e poi lui, o viceversa, a nostra scelta. Davanti al cancello non abbiamo trovato una macchina, bensí un pullman da turismo, con cinquanta posti, tutto per noi: saremmo arrivati ai rispettivi posti di lavoro, lui con due ore di ritardo, e io con almeno tre. «Paese senza tempo», ha ripetuto Faussone.

«... perché lei non deve mica credere che certi truschini si combinino solo a casa nostra, e che soltanto noialtri siamo bravi a imbrogliare la gente e a non farci imbrogliare noi. E poi, io non so quanto ha viaggiato lei, ma io ho viaggiato parecchio, e ho visto che non bisogna neanche credere che i paesi siano come ce li hanno insegnati a scuola e come vengono fuori dalle storielle, sa bene, tutti gli inglesi distinti, i francesi blagueur, i tedeschi tutti d'un pezzo, e gli svizzeri onesti. Eh, ci vuol altro: tutto il mondo è paese».

In pochi giorni la stagione era precipitata; di fuori nevicava asciutto e duro: ogni tanto una folata di vento proiettava contro i vetri della mensa come una manciata di minuscoli chicchi di grandine. Attraverso il velo del nevischio si intravvedeva tutto intorno l'assedio nero della foresta. Ho cercato senza successo di interrompere Faussone per protestare la mia innocenza: non ho viaggiato quanto lui, ma certamente quanto basta per distinguere la vanità dei luoghi comuni su cui si fonda la geografia popolare. Niente da fare: arrestare un racconto di Faussone è come arrestare un'onda di marea. Ormai era lanciato, e non era difficile distinguere, dietro i panneggiamenti del prologo, la corpulenza della storia che si andava delineando. Avevamo finito il caffè, che era detestabile, come in tutti i paesi (mi aveva precisato Faussone) dove l'accento della parola «caffè» cade sulla prima sillaba, e gli ho offerto una sigaretta, dimenticando che lui non è fumatore, e che io stesso, la sera prima, mi ero accorto che stavo fumando troppo, e avevo fatto voto solenne di non fumare piú; ma via, cosa vuoi fare dopo un caffè come quello, e in una sera come quella?

«Tutto il mondo è paese, come le stavo dicendo. Anche questo paese qui: perché è proprio qui che la storia mi è successa; no, non adesso, sei o sette anni fa. Si ricorda del viaggio in vaporetto, di Differenza, di quel vino, di quel lago che era quasi un mare, e della diga che le ho fatto vedere di lontano? Bisogna che una domenica ci andiamo, avrei caro di mostrargliela perché è un gran bel lavoro. Questi qui hanno la mano un po' pesante, ma per i lavori grossi sono piú bravi di noi, poco da dire. Bene, la gru piú grossa del cantiere sono io che l'ho montata: voglio dire, sono io che ho organizzato il montaggio, perché è una di quelle che si montano da sole, vengono su da terra come un fungo, che è abbastanza un bello spettacolo. Mi scusi se ci torno ogni tanto, su questa faccenda del montare le gru; ormai lei lo sa bene, io sono uno di quelli che il suo mestiere gli piace. Anche se delle volte è scomodo: proprio quella volta lí, per esempio, che il montaggio l'abbiamo fatto di gennaio, lavorando anche le domeniche, e gelava tutto, fino il grasso dei cavi, che bisognava farlo venire molle col vapore. A un certo momento si era anche formato del ghiaccio sul traliccio, spesso due dita e duro come il ferro, e non si riusciva piú a far scorrere uno dentro l'altro gli elementi della torre; cioè, per scorrere scorrevano, ma arrivati in cima non avevano piú lo scodimento».

In generale, la parlata di Faussone mi riesce chiara, ma non sapevo che cosa fosse lo scodimento. Gliel'ho chiesto, e Faussone mi ha spiegato che manca lo scodimento quando un oggetto allungato passa sí in un condotto rettilineo, ma arrivato a una curva o ad un angolo si pianta, cioè non scode piú. Quella volta, per ripristinare lo scodimento previsto dal manuale di montaggio, avevano dovuto picconare via il ghiaccio centimetro per centimetro: un lavoro da galline.

«Insomma, bene o male siamo arrivati al giorno del collaudo. Piú male che bene, come le ho detto; ma sul lavoro, e mica solo sul lavoro, se non ci fossero delle difficoltà ci sarebbe poi meno gusto dopo a raccontare; e raccontare, lei lo sa, anzi, me lo ha perfino detto, è una delle gioie della vita. Io non sono nato ieri, e il collaudo si capisce che me l'ero già fatto prima, pezzo per pezzo, per conto mio: tutti i movimenti andavano da dio, e anche la prova di carico, niente da dire. Il giorno del collaudo è sempre un po' come una festa: mi sono fatta la barba bella liscia, mi sono data la brillantina (beh sí, qui dietro: un pochi mi sono rimasti), mi sono messa la giacca di velluto e mi sono trovato sul piazzale, bell'e pronto, una buona mezz'ora prima dell'ora che avevamo combinato.

Arriva l'interprete, arriva l'ingegnere capo, arriva una di quelle loro vecchiette che non capisci mai cosa c'entrino, ficcano il naso dappertutto, ti fanno delle domande senza senso, si scarabocchiano il tuo nome su un pezzetto di carta, ti guardano con diffidenza, e poi si seggono in un angolo e si mettono a fare la calza. Arriva anche l'ingegnere della diga, che era poi una ingegneressa: simpatica, brava come il sole, con due spalle cosí e il naso rotto come un boxeur. Ci eravamo trovati diverse volte alla mensa e avevamo perfino fatto un po' amicizia: aveva un marito buono a niente, tre figli che mi ha fatto vedere la fotografia, e lei, prima di prendere la laurea, guidava il trattore nei colcos. A tavola faceva impressione: mangiava come un leone, e prima di mangiare buttava giú cento grammi di vodca senza fare una piega. A me la gente cosí mi piace. Sono arrivati anche diversi pelandroni che non ho capito chi fossero: avevano già la piomba alla mattina buonora, uno aveva un pintone di liquore, e continuavano a bere per conto loro.

Alla fine è arrivato il collaudatore. Era un ometto tutto nero, vestito di nero, sulla quarantina, con una spalla piú alta dell'altra e una faccia da non aver digerito. Non sembrava neanche un russo: sembrava un gatto ramito, sí, uno di quei gatti che prendono il vizio di mangiar le lucer-

tole, e allora non crescono, vengono malinconici, non si lu-
strano piú il pelo, e invece di miagolare fanno hhhh. Ma
sono quasi tutti cosí, i collaudatori: non è un mestiere allegro, se uno non ha un po' di cattiveria non è un buon collaudatore, e se la cattiveria non ce l'ha gli viene col tempo, perché quando tutti ti guardano male la vita non è facile. Eppure ci vogliono anche loro, lo capisco anch'io, alla stessa maniera che ci vogliono i purganti.

Allora lui arriva, tutti fanno silenzio, lui dà la corrente,
si arrampica su su per la scaletta e si chiude nella cabina,
perché a quel tempo nelle gru tutti i comandi erano ancora
nella cabina. Adesso? Adesso sono a terra, per via dei ful-
mini. Si chiude nella cabina, grida giú di fare largo, e tutti
si allontanano. Prova la traslazione e tutto va bene. Spo-
sta il carrello sul braccio: va via bello latino come una barca sul lago. Fa agganciare una tonnellata e tira su: perfet-
to, come se il pesantore neanche lo sentisse. Poi prova la
rotazione, e succede il finimondo: il braccio, che è poi un
bel braccio lungo piú di trenta metri, gira tutto a scatti,
con degli stridori di ferro da far piangere il cuore. Sa bene,
quando si sente il materiale che lavora male, che punta, che
gratta, e ti dà una pena che neanche un cristiano. Fa tre o
quattro scatti, e poi si ferma di colpo, e tutta la struttura
trema, e oscilla da destra a sinistra e da sinistra a destra
come se dicesse che no, per carità, cosí non si può andare.

Io ho fatto che prendere la corsa su per la scaletta, e intanto gridavo a quello lassú che per l'amor di Dio non si
muovesse, non cercasse di fare altre manovre. Arrivo in
cima, e le giuro che sembrava di essere in un mare in tempesta; e vedo il mio ometto tutto tranquillo, seduto sul
seggiolino, che stava già scrivendo il suo verbale sul libretto. Io il russo allora lo sapevo poco, e lui l'italiano non
lo sapeva niente; ci siamo arrangiati con un po' di inglese,
ma lei capisce che fra la cabina che continuava a ballare,
lo sbordimento, e l'affare della lingua, ne è venuta fuori

una discussione balorda. Lui continuava a dire niet, niet, che la macchina era capút, e che lui il collaudo non me lo dava; io cercavo di spiegargli che prima di mettere giú il verbale volevo rendermi conto con un po' di calma, a bocce ferme. A questo punto io avevo già i miei sospetti: primo, perché glielo ho già detto, il giorno prima avevo fatto le mie prove e tutto era andato bene; secondo, perché mi ero accorto da un pezzo che c'erano in giro certi francesi, che era aperto un appalto per altre tre gru uguali a quella, e sapevo che la gara per quella gru noialtri l'avevamo vinta per un soffio, e che i secondi erano stati proprio i francesi.

Sa, non è per il padrone. A me del padrone non me ne fa mica tanto, basta che mi paghi quello ch'è giusto, e che coi montaggi mi lasci fare alla mia maniera. No, è per via del lavoro: mettere su una macchina come quella, lavorarci dietro con le mani e con la testa per dei giorni, vederla crescere cosí, alta e dritta, forte e sottile come un albero, e che poi non cammini, è una pena: è come una donna incinta che le nasca un figlio storto o deficiente, non so se rendo l'idea».

La rendeva, l'idea. Nell'ascoltare Faussone, si andava coagulando dentro di me un abbozzo di ipotesi, che non ho ulteriormente elaborato e che sottopongo qui al lettore: il termine «libertà» ha notoriamente molti sensi, ma forse il tipo di libertà piú accessibile, piú goduto soggettivamente, e piú utile al consorzio umano, coincide con l'essere competenti nel proprio lavoro, e quindi nel provare piacere a svolgerlo.

«Ogni modo: io ho aspettato che lui calasse giú, e poi mi sono messo a guardare bene come stavano le cose. C'era sicuramente qualche cosa che non andava nella coppia conica... cos'ha da ridere?»

Non ridevo: sorridevo soltanto, senza rendermene conto. Non avevo piú avuto niente a che fare con le coppie coniche fin da quando, a tredici anni, avevo smesso di giocare col Meccano, e il ricordo di quel gioco-lavoro solitario

e intento, e di quella minuscola coppia conica di lucido ottone fresato, mi aveva intenerito per un istante.

«Sa, sono una roba molto piú delicata degli ingranaggi
cilindrici. Anche piú difficili da montare, e se uno sbaglia
il tipo di grasso, grippano che è una bellezza. Del resto,
non so, a me non è mai successo, ma fare un lavoro senza
niente di difficile, dove tutto vada sempre per diritto, de-
v'essere una bella noia, e alla lunga fa diventare stupidi.
Io credo che gli uomini siano fatti come i gatti, e scusi se
torno sui gatti ma è per via della professione. Se non sanno
cosa fare, se non hanno topi da prendere, si graffiano tra di
loro, scappano sui tetti, oppure si arrampicano sugli alberi e magari poi gnaulano perché non sono piú buoni a scendere. Io credo proprio che per vivere contenti bisogna per
forza avere qualche cosa da fare, ma che non sia troppo facile; oppure qualche cosa da desiderare, ma non un desiderio cosí per aria, qualche cosa che uno abbia la speran-
za di arrivarci.

Ma torniamo alla coppia conica: cinque minuti e ho subito capito l'antifona. L'allineamento, capisce? Proprio il
punto piú delicato, perché una coppia conica è come chi dicesse il cuore di una gru, e l'allineamento è... insomma,
senza allineamento una coppia dopo due giri è da buttare
a rottame. Non sto a fargliela tanto lunga: lí su c'era stato
qualcuno, qualcuno del mestiere; e aveva riforato uno per
uno tutti i pertugi del supporto, e aveva rimontato il basamento della coppia che sembrava dritto, e invece era sfal-
sato. Un lavoro da artista, che se non fosse del fatto che
volevano fregarmi me gli avrei fino fatto i complimenti:
ma invece ero arrabbiato come una bestia. Si capisce che
erano stati i francesi, non so se proprio con le loro mani
oppure con l'aiuto di qualcuno, magari giusto il mio collaudatore, quello che aveva tutta quella fretta di fare il verbale.

...Ma sí, certo, la denuncia, i testimoni, la perizia, la
querela: ma intanto resta sempre come un'ombra, come

una macchia d'unto, che è difficile togliersela di dosso. Adesso sono passati dei begli anni, ma la causa è ancora in cammino: ottanta pagine di perizia dell'Istituto Tecnologico di Sverdlovsk, con le deformazioni, le fotografie, le radiografie e tutto. Come crede che finirà, lei? Io lo so già, come finisce, quando le cose di ferro diventano cose di carta: storta, finisce».

Acciughe, I

Ho sollevato la bocca dal piatto, dicendo fra me «tu vuoi ch'io rinnovelli»: le ultime parole di Faussone mi avevano punto sul vivo. Era proprio quello, l'Istituto Tecnologico di Sverdlovsk, il mio avversario del momento, quello che mi aveva strappato alla fabbrica, al laboratorio, alla amata-odiata scrivania, per scaraventarmi laggiú. Come Faussone, anch'io stavo sotto l'ombra minacciosa di un incartamento in due lingue; anch'io ero approdato là in veste di accusato. Avevo anzi l'impressione che quell'episodio fosse in qualche modo una displuviale, un punto singolare del mio itinerario terreno: e del resto, un curioso destino vuole che in quel paese grande e strano abbiano luogo le svolte della mia vita.

Poiché la veste di accusato è scomoda, sarebbe stata quella la mia ultima avventura di chimico. Poi basta: con nostalgia, ma senza ripensamenti, avrei scelto l'altra strada, dal momento che ne avevo la facoltà ed ancora me ne sentivo la forza; la strada del narratore di storie. Storie mie finché ne avevo nel sacco, poi storie d'altri, rubate, rapinate, estorte o avute in dono, per esempio appunto le sue; o anche storie di tutti e di nessuno, storie per aria, dipinte su un velo, purché un senso ce l'avessero per me, o potessero regalare al lettore un momento di stupore o di riso. C'è chi ha detto che la vita comincia a quarant'anni: bene, per me sarebbe cominciata, o ricominciata, a cinquantacinque. Del resto, non è detto che l'aver trascorso piú di trent'anni nel mestiere di cucire insieme lunghe molecole

presumibilmente utili al prossimo, e nel mestiere paral-
lelo di convincere il prossimo che le mie molecole gli erano
effettivamente utili, non insegni nulla sul modo di cucire
insieme parole e idee, o sulle proprietà generali e specia-
li dei tuoi colleghi uomini.

Dopo qualche esitazione, e dietro mia rinnovata richiesta, Faussone mi ha dichiarato libero di raccontare le sue
storie, ed è cosí che questo libro è nato. Quanto alla perizia
di Sverdlovsk, mi ha guardato con cauta curiosità: «Cosí,
è qui per una grana. Non se la prenda; voglio dire, non se
la prenda troppo, se no non riesce a combinare niente. Capita anche nelle migliori famiglie, di fare una topica, o di
dover arrangiare la topica di qualchedun altro; e poi, un mestiere senza grane io non so neanche immaginarmelo. Cioè
sí, ci sono anche quelli, ma non sono mestieri, sono come
le vacche alla pastura, ma quelle almeno fanno il latte, e
del resto poi le ammazzano. O come i vecchietti che gioca-
no alle bocce in piazza d'armi e che parlano da per loro. Me
la racconti, la sua grana; stavolta tocca a lei, visto che io
delle mie gliene ho già raccontate diverse: cosí faccio il
confronto. E poi, a sentire le rogne degli altri uno si dimen-
tica le sue».

Io gli ho detto:

«Il mio mestiere vero, quello che ho studiato a scuola
e che mi ha dato da vivere fino ad oggi, è il mestiere del chimico. Non so se lei ne ha un'idea chiara, ma assomiglia un
poco al suo: solo che noi montiamo e smontiamo delle co-
struzioni molto piccole. Ci dividiamo in due rami principali, quelli che montano e quelli che smontano, e gli uni e gli
altri siamo come dei ciechi con le dita sensibili. Dico come dei ciechi, perché appunto, le cose che noi manipolia-
mo sono troppo piccole per essere viste, anche coi micro-
scopi piú potenti; e allora abbiamo inventato diversi trucchi intelligenti per riconoscerle senza vederle. Qui bisogna
che lei pensi una cosa, che per esempio un cieco non ha difficoltà a dirle quanti mattoni ci sono su una tavola, in che

posizione sono e a che distanza fra loro; ma se invece di mattoni fossero dei grani di riso, o peggio ancora delle sfere da cuscinetti, lei capisce che il cieco sarebbe imbarazzato a dire dove sono, perché appena li tocca si spostano: ecco, noi siamo cosí. Tante volte, poi, noi abbiamo l'impressione di essere non solo dei ciechi, ma degli elefanti ciechi davanti al banchetto di un orologiaio, perché le nostre dita sono troppo grossolane di fronte a quei cosetti che dobbiamo attaccare o staccare.

Quelli che smontano, cioè i chimici analisti, devono essere capaci di smontare una struttura pezzo per pezzo senza danneggiarla, o almeno senza danneggiarla troppo; di allineare i pezzi smontati sul bancone, sempre senza vederli, di riconoscerli uno per uno, e poi di dire in che ordine erano attaccati insieme. Oggigiorno hanno dei begli strumenti che gli abbreviano il lavoro, ma una volta si faceva tutto a mano, e ci voleva una pazienza da non credere.

Io però ho sempre fatto il chimico montatore, uno di quelli che fanno le sintesi, ossia che costruiscono delle strutture su misura. Mi dànno un modellino, come fosse questo».

Qui, come piú volte aveva fatto Faussone per spiegarmi i suoi tralicci, ho preso anch'io un tovagliolo di carta, e ho scarabocchiato un disegno press'a poco cosí:

$$
\begin{array}{l}
\phantom{xxxxxxxxxxxxxxxxxxxxxx} \overset{\displaystyle H}{N}-CO \\
\phantom{xxxxxxxxxxxxxxxxxxxxxxx} CH_2 \phantom{xx} N- \\
CO-N- \phantom{xxxxxxxxxx} CH_2-NHCO-N-CH_2 \\
-N\phantom{xx}CH_2 \phantom{xxxxxxxx} CO-N \\
CH_2-N \phantom{xxxxxxxxxxx} CH_2 \\
CO-NHCH_2-N\phantom{xx}N \\
\phantom{xxxxxxxxx} CH_2-N \phantom{xxxxxx} CO-N- \\
\phantom{xxxxxxxxxx} CO-NHCH_2-N\phantom{xxx} CH_2 \\
\phantom{xxxxxxxxxxxxxxxxxx} CH_2-N \\
\phantom{xxxxxxxxxxxxxxxxxx} CO-NH-CH_2-
\end{array}
$$

«... oppure qualche volta me lo faccio io stesso, e poi mi devo arrangiare. Con un po' di esperienza, è facile distinguere fin dal principio le strutture che possono stare in piedi da quelle che cascano o che vanno subito a pezzi, o da quelle altre che sono possibili solo sulla carta. Ma siamo sempre dei ciechi, anche nel caso migliore, cioè che la struttura sia semplice e stabile: ciechi, e non abbiamo quelle pinzette che sovente ci capita di sognare di notte, come uno che ha sete sogna le sorgenti, e che ci permetterebbero di prendere un segmento, di tenerlo ben stretto e diritto, e di incollarlo nel verso giusto sul segmento che è già montato. Se quelle pinzette le avessimo (e non è detto che un giorno non le avremo) saremmo già riusciti a fare delle cose graziose che fin adesso le ha solo fatte il Padreterno, per esempio a montare non dico un ranocchio o una libellula, ma almeno un microbo o il semino di una muffa.

Ma per adesso non le abbiamo, e in conclusione siamo dei montatori primitivi. Siamo, appunto, come degli elefanti a cui venga consegnata una scatoletta chiusa con dentro tutti i pezzi di un orologio; noi siamo molto forti e pazienti, e scuotiamo la scatoletta in tutti i sensi e con tutte le nostre forze: magari la scaldiamo anche, perché scaldare è un altro modo di scuotere. Bene, qualche volta, se l'orologio non è di un modello troppo complicato, a furia di scuotere, a montarlo si riesce; ma lei capisce che è piú ragionevole arrivarci a poco per volta, montando prima due pezzi soli, poi il terzo e cosí via. Ci va piú pazienza, ma di fatto si arriva prima: il piú delle volte facciamo appunto cosí.

Come vede, siete piú fortunati voialtri, che le vostre strutture ve le vedete crescere sotto le mani e sotto gli occhi, verificandole a mano a mano che vengono su: e se sbagliate ci va poco a correggere. È vero che noi abbiamo un vantaggio: ogni nostro montaggio non porta a un traliccio solo, ma a tanti in una volta. Proprio tanti, un numero che lei non se lo può immaginare, un numero di venticinque o ventisei cifre. Se non fosse cosí, chiaro che...»

«Chiaro che potreste andare a cantare in un altro cortile, – ha completato Faussone. – Vada avanti, che se ne impara sempre una nuova».

«Potremmo andare a cantare in un altro cortile, e delle volte, infatti, ci andiamo: per esempio, quando le cose vanno storte, e i nostri minuscoli tralicci non vengono tutti uguali; o magari tutti uguali, ma con un dettaglio non previsto dal modello, e noi non ce ne accorgiamo subito, perché siamo ciechi. Se ne accorge prima il cliente. Ecco, è proprio per questo che io sono qui: non per scrivere delle storie. Le storie, caso mai, sono un sottoprodotto, almeno per adesso. Sono qui con in tasca una lettera di protesta per fornitura di merce non conforme a quanto pattuito. Se abbiamo ragione noi, tutto bene, e mi pagano perfino il viaggio; se hanno ragione loro, sono seicento tonnellate che dobbiamo sostituirgli, piú i danni, perché sarà colpa nostra se una certa fabbrica non riuscirà a raggiungere la quota prevista dal piano.

Io sono un chimico montatore, questo gliel'ho già detto, ma non le ho detto che sono specialista di vernici. Non è una specialità che me la sia scelta io, per qualche motivo personale: è solo che dopo la guerra avevo bisogno di lavorare, bisogno urgente, ho trovato posto in una fabbrica di vernici, e ho pensato "fai che ti basti"; ma poi il lavoro non mi dispiaceva, ho finito con lo specializzarmi, e in definitiva ci sono rimasto. Mi sono accorto abbastanza presto che fare vernici è un mestiere strano: in sostanza, vuol dire fabbricare delle pellicole, cioè delle pelli artificiali, che però devono avere molte delle qualità della nostra pelle naturale, e guardi che non è poco, perché la pelle è un prodotto pregiato. Anche le nostre pelli chimiche devono avere delle qualità che fanno contrasto: devono essere flessibili e insieme resistere alle ferite; devono aderire alla carne, cioè al fondo, ma la sporcizia non deve aderirci su;

devono avere dei bei colori delicati e insieme resistere alla luce; devono essere allo stesso tempo permeabili all'acqua e impermeabili, e questo appunto è talmente contraddittorio che neanche la nostra pelle è soddisfacente, nel senso che in effetti resiste abbastanza bene alla pioggia e all'acqua del mare, cioè non si restringe, non gonfia e non ci si scioglie dentro, però se uno insiste gli vengono i reumatismi: è segno che un po' d'acqua passa pure attraverso, e del resto almeno il sudore deve passare per forza, ma solo da dentro verso fuori. Vede che non è semplice.

Mi avevano incaricato di progettare una vernice per l'interno delle scatole di conserva, da esportare (la vernice, non le scatole) in questo paese. Come pelle, le garantisco che avrebbe dovuto essere una pelle eccellente: doveva aderire alla lamiera stagnata, resistere alla sterilizzazione a 120°C, piegarsi senza screpolare su un mandrino cosí e cosí, resistere all'abrasione se provata con un apparecchio che non sto a descriverle; ma soprattutto, doveva resistere a tutta una serie di aggressivi che di solito nei nostri laboratori non si vedono, e cioè alle acciughe, all'aceto, al sugo di limone, ai pomodori (non doveva assorbire il colorante rosso), alla salamoia, all'olio e cosí via. Non doveva assumere gli odori di queste mercanzie, e non cedergli nessun odore: ma per accertare queste caratteristiche ci si accontentava del naso del collaudatore. Finalmente, doveva potersi applicare con certe macchine continue, dove da una parte entra il foglio di lamiera svolgendosi dal rotolo, riceve la vernice da una specie di rullo inchiostratore, passa in forno per la cottura, e si avvolge sul rotolo di spedizione; in queste condizioni, doveva dare un rivestimento liscio e lucido, di un color giallo oro compreso fra due campioni di colore allegati al capitolato di fornitura. Mi segue?»

«Si capisce», ha risposto Faussone in tono quasi offeso. Può essere che invece non mi segua il lettore, qui ed altrove, dove è questione di mandrini, di molecole, di cuscinetti a sfere e di capicorda; bene, non so che farci, mi scuso ma sinonimi non ce n'è. Se, come è probabile, ha accettato a suo tempo i libri di mare dell'Ottocento, avrà pure digerito i bompressi e i palischermi: dunque si faccia animo, lavori di fantasia o consulti un dizionario. Gli potrà venire utile, dato che viviamo in un mondo di molecole e di cuscinetti.

«Le dico subito che non mi si chiedeva di fare un'invenzione: di vernici cosí ne esiste già un bel numero, ma bisognava curare i dettagli perché il prodotto passasse tutte le prove previste, in specie per il tempo di cottura, che doveva essere piuttosto corto. In sostanza, si trattava di progettare una specie di cerotto a base di un tessuto di media compattezza, con le maglie non troppo serrate perché conservasse una certa elasticità, ma neanche troppo aperte, se no le acciughe e il pomodoro avrebbero potuto attraversarle. Doveva poi avere molti gancetti robusti per infeltrirsi con se stesso e per abbarbicarsi alla lamiera durante la cottura, ma perderli dopo la cottura stessa, perché se no avrebbero potuto trattenere colori, odori o sapori. Va da sé che non avrebbe dovuto contenere componenti tossici. Vede, è cosí che noi chimici ragioniamo: cerchiamo di farvi il verso, come quel suo aiutante scimmiotto. Ci costruiamo in mente un modellino meccanico, pur sapendo che è grossolano e puerile, e lo seguiamo fin che si può, ma sempre con una vecchia invidia per voialtri uomini dei cinque sensi, che combattete fra cielo e terra contro vecchi nemici, e lavorate sui centimetri e sui metri invece che sulle nostre salsiccette e reticelle invisibili. La nostra stanchezza è diversa dalla vostra. Non sta nel filo della schiena, ma piú in su; non viene dopo una giornata faticosa, ma quando uno ha cercato di capire e non è riuscito. Di solito non guarisce col sonno. Sí, ce l'ho addosso stasera; per questo gliene parlo.

Dunque, tutto andava bene; abbiamo mandato il campione all'Ente Statale, abbiamo aspettato sette mesi e la risposta è stata positiva. Abbiamo mandato un fusto di prova qui allo stabilimento, abbiamo aspettato altri nove mesi, ed è

arrivata la lettera di accettazione, l'omologazione e un ordine di trecento tonnellate; subito dopo, chissà perché, un
altro ordine, con una firma diversa, per altre trecento, quest'ultimo urgentissimo. Probabilmente non era che un du-
plicato del primo, nato da qualche pasticcio burocratico;
ad ogni modo era regolare, ed era proprio quello che ci voleva per tirare su il fatturato dell'anno. Eravamo tutti diventati molto gentili, e per i corridoi e i capannoni della
fabbrica non si vedeva altro che dei gran sorrisi: seicento
tonnellate di una vernice non difficile da produrre, tutta
della stessa qualità, e con un prezzo niente male.

Noi siamo gente coscienziosa: di ogni lotto prelevava-
mo religiosamente un campione e lo collaudavamo in laboratorio, per essere sicuri che i provini resistessero a tutti
gli articoli che le ho detto. Il nostro laboratorio si era riempito di odori nuovi e gradevoli, e il bancone dei collaudi
sembrava la bottega di un droghiere. Tutto andava bene,
noi ci sentivamo in una botte di ferro, e ogni venerdí, quando partiva la flotta dei camion che portava i fusti a Genova
per l'imbarco, facevamo una piccola festa, utilizzando anche i viveri destinati al collaudo "perché non andassero a
male".

Poi c'è stato il primo allarme: un telex cortese, in cui ci
invitavano a ripetere la prova della resistenza alle acciughe
su un certo lotto già imbarcato. La ragazza dei collaudi ha
fatto una risatina e mi ha detto che avrebbe ripetuto la prova immediatamente, ma che era sicurissima dei suoi risultati, quella vernice avrebbe resistito anche ai pescicani;
io però sapevo come vanno queste cose, e ho cominciato a
sentire dei crampi allo stomaco».

La faccia di Faussone si è increspata in un inaspettato
sorriso triste: «Eh già: a me invece viene male qui a destra,
credo che sia il fegato. Ma per me un uomo che non abbia
mai avuto un collaudo negativo non è un uomo, è come se
fosse rimasto alla prima comunione. Poco da dire, sono degli affari che io li conosco bene; lí sul momento fanno star

male, ma se uno non li prova non matura. È un po' come i quattro presi a scuola».

«Io lo sapevo, come vanno queste cose. Due giorni, poi è arrivato un altro telex, e questo non era gentile per niente. Quel lotto non resisteva alle acciughe, e neppure quelli successivi che erano arrivati nel frattempo; dovevamo mandare subito, per via aerea, mille chili di vernice sicura, se no, blocco dei pagamenti e citazione per danni. Qui la febbre ha cominciato a salire, e il laboratorio a riempirsi di acciughe: italiane, grosse e piccole, spagnole, portoghesi, norvegesi; e due etti li abbiamo lasciati andare a male apposta, per vedere che effetto facevano sulla lamiera verniciata. Lei capisce che eravamo tutti abbastanza bravi in fatto di vernici, ma nessuno di noi era uno specialista in acciughe. Preparavamo provini su provini, come dei matti, centinaia di provini al giorno, li mettevamo a contatto con acciughe di tutti i mari, ma non capitava niente, da noi tutto andava bene. Poi ci è venuto in mente che forse le acciughe sovietiche erano piú aggressive di quelle nostrane. Abbiamo subito fatto un telex, e dopo sette giorni il campione era sul banco: avevano fatto le cose in grande, era una latta di trenta chili mentre invece trenta grammi sarebbero bastati, forse era una confezione per i collegi o per le forze armate. E devo dire che erano ottime, perché le abbiamo anche assaggiate: ma niente, neanche loro, nessun effetto su nessuno dei provini, neppure su quelli preparati nei modi piú maligni in modo da riprodurre le condizioni piú sfavorevoli, poco cotti, a spessore scarso, piegati prima del collaudo.

Intanto era arrivata la perizia di Sverdlovsk, quella che le dicevo prima. Ce l'ho di sopra, in camera mia, nel cassetto del tavolino, e parola mia mi sembra che puzzi. No, non di acciughe: che puzzi fuori dal cassetto, che ammorbi l'aria, specie di notte, perché di notte faccio dei sogni strani. Forse è colpa mia, che me la prendo troppo...»

Faussone si è mostrato comprensivo. Mi ha interrotto per

ordinare due vodche alla ragazza che sonnecchiava dietro il bancone: mi ha spiegato che era vodca speciale, distillata di contrabbando, e infatti aveva un aroma insolito, non sgradevole, su cui ho preferito non indagare.

«Beva, che le fa bene. Si capisce che lei se la prende: è naturale. Quando uno mette la sua firma su qualche cosa, non importa se è una cambiale o una gru o un'acciuga... mi scusi, volevo dire una vernice, bisogna bene che ne risponda. Beva, che cosí dorme bene stanotte, non sogna i provini, e domani vedrà che si sveglia senza il mal di testa: questa è roba di borsa nera, però è genuina. Intanto mi racconti come è finita».

«Non è finita, e neanche io me la sento di dire come finisce e quando finisce. Sono qui da dodici giorni, e non so quanto ci resterò; tutte le mattine mi mandano a prendere, delle volte con una macchina di rappresentanza, delle volte con una Pobieda; mi portano nel laboratorio e poi non capita niente. Viene l'interprete e si scusa, o manca il tecnologo, o manca la corrente, o tutto il personale è convocato per una riunione. Non che siano sgarbati con me, ma sembra che si dimentichino che io ci sono. Col tecnologo fino adesso non ho parlato per piú di mezz'ora: mi ha fatto vedere i loro provini, e mi ci sto rompendo la testa, perché non hanno niente a che fare con i nostri; i nostri sono lisci e puliti, questi invece hanno tanti piccoli grumi. È chiaro che è successo qualche cosa durante il viaggio, ma non riesco a immaginare che cosa; oppure c'è qualche cosa che non va nei loro collaudi, ma sa bene che dare la colpa agli altri, e specialmente ai clienti, è cattiva politica. Ho detto al tecnologo che vorrei assistere al ciclo completo, alla preparazione dei provini, dal principio alla fine; mi è sembrato contrariato, mi ha detto che andava bene, però poi non si è fatto piú vedere. Invece del tecnologo, mi tocca parlare con una donna terribile. La signora Kondratova è piccola, grassa, anziana, con una faccia distrutta, e non c'è verso di tenerla sull'argomento. Invece che di vernici, mi ha parlato tutto il tempo della sua storia, è una storia tremenda, era a Leningrado durante l'assedio, le sono morti al fronte il marito e due figli, e lei lavorava in fabbrica a tornire proiettili, con dieci gradi sotto zero. Mi fa molta pena, ma anche rabbia, perché fra quattro giorni mi scade il visto, e come faccio a tornare in Italia senza aver concluso niente, e soprattutto senza aver capito niente?»

«Lei glielo ha detto, a quella donna, che le scade il visto?» mi ha chiesto Faussone.

«No, non credo che lei abbia niente a che fare, col mio visto».

«Mi dia da mente, glielo dica. Da come lei me lo racconta, deve essere una abbastanza importante, e quando scade un visto, questi qui si dànno subito da fare, perché se no sono loro che restano nelle curve. Provi: provare non fa peccato, e lei non rischia niente».

Aveva ragione. Al solo annuncio della prossima scadenza del mio visto di soggiorno, è avvenuto intorno a me un mutamento sorprendente, come nel finale delle comiche di un tempo. Tutti, e la Kondratova per prima, hanno bruscamente accelerato le loro mosse e le loro parole, si sono fatti comprensivi e collaborativi, il laboratorio mi ha aperto le porte, ed il preparatore dei provini si è messo a mia piena disposizione.

Il tempo che mi rimaneva non era molto, ed ho chiesto prima di tutto di esaminare il contenuto degli ultimi fusti arrivati. Non è stato facile identificarli, ma in mezza giornata ci sono riuscito; abbiamo preparato i provini con tutte le cure del caso, sono risultati lisci e lucenti, e dopo la notte passata in connubio con le acciughe il loro aspetto non era cambiato. Si poteva concludere che: o la vernice si alterava nelle condizioni locali di magazzinaggio, oppure che capitava qualcosa nel corso del prelievo fatto dai russi. Il mattino della partenza ho ancora fatto in tempo ad esaminare uno dei fusti piú anziani: venivano fuori dei provini sospetti, striati e granulosi, ma ormai mancava il tempo di approfondire. La mia richiesta di proroga era stata respinta: Faussone è venuto a salutarmi alla stazione, e ci siamo lasciati con la promessa reciproca di ritrovarci, sul posto o a Torino; ma piú probabilmente sul posto. Infatti, lui ne aveva ancora per diversi mesi: insieme con un gruppo di montatori russi, stava mettendo a punto uno di quei loro escavatori colossali, alti come una casa di tre piani, che si spostano su qualunque terreno camminando su quattro enormi zampe come sauri preistorici; e io dovevo sistemare due o tre faccende in fabbrica, ma senza dubbio sarei ritornato entro un mese al massimo. La Kondratova mi aveva detto che per un mese, bene o male, sarebbero andati avanti lo stesso: proprio quel giorno aveva avuto comunicazione che, in un'altra fabbrica di scatolame, si stava usando una vernice tedesca, che a quanto pare non dava inconvenienti; mentre si cercava di chiarire l'incidente, ne avrebbero fatto arrivare urgentemente un quantitativo. Tuttavia con una inconseguenza che mi ha sorpreso, ha insistito perché io tornassi al piú presto possibile: «tutto compreso», la nostra vernice era preferibile. Da parte sua, avrebbe fatto tutto quanto poteva per farmi avere un nuovo visto prorogabile a piacere.

Faussone mi ha pregato, già che andavo a Torino, di consegnare alle sue zie un pacco e una lettera, facendogli le sue scuse: lui avrebbe passato i Santi sul posto. Il pacco era leggero ma voluminoso, la lettera non era che un biglietto, e portava segnato l'indirizzo nella grafia chiara, meticolosa e leggermente sofisticata di chi ha studiato il disegno. Mi ha raccomandato di non perdere il documento valutario relativo al contenuto del pacco, e ci siamo lasciati.

## Le zie

Le zie di Faussone abitavano in una vecchia casa di via Lagrange, di soli due piani, rinserrata fra edifici piú recenti (ma altrettanto trascurati) alti almeno il triplo. La facciata era modesta, di un colore terroso indefinito, su cui risaltavano, ormai appena distinguibili, false finestre e falsi balconcini dipinti in rosso mattone. La scala B che io cercavo era in fondo al cortile: mi sono soffermato ad osservare il cortile, mentre due massaie mi guardavano con sospetto dai rispettivi ballatoi. La corte ed il portico di ingresso erano in acciottolato, e sotto il portico correvano due carraie in lastre di pietra di Luserna, solcate e logorate dal passaggio di generazioni di carri. In un angolo era un lavatoio fuori uso: era stato riempito di terra e vi era stato piantato un salice piangente. In un altro angolo c'era un mucchio di sabbia, evidentemente scaricata lí per qualche lavoro di riparazione e poi dimenticata: la pioggia l'aveva erosa in forme che ricordavano le Dolomiti, e i gatti vi avevano scavato varie comode cucce. Di fronte era la porta di legno di un'antica latrina, macerata in basso dall'umidità e dalle esalazioni alcaline, piú in alto ricoperta di una vernice bigia che si era contratta sul fondo piú scuro assumendo l'aspetto della pelle di coccodrillo. I due ballatoi correvano lungo tre lati, interrotti soltanto da cancelli rugginosi che si prolungavano fuori delle ringhiere in punte a ferro di lancia. Ad otto metri dalla via congestionata e pretenziosa, si respirava in quel cortile un vago odore claustrale, insieme col fascino dimesso delle cose un tempo utili, e poi lungamente abbandonate.

Ho trovato al secondo piano la targa che cercavo: Oddenino Gallo. Dunque sorelle della madre, non del padre: o forse zie alla lontana, o nel senso vago del termine. Sono venute ad aprirmi tutte e due, ed al primo sguardo ho notato fra loro quella falsa rassomiglianza che spesso ed assurdamente ravvisiamo fra due persone, per quanto diverse, che veniamo a conoscere nella stessa sorte ed allo stesso tempo. No, in realtà non si somigliavano molto: nulla al di là di una indefinibile aria di famiglia, dell'ossatura solida e della decorosa modestia delle vesti. Una aveva i capelli bianchi, l'altra castani scuri. Tinti? No, non tinti: da vicino si distinguevano alcuni pochi fili bianchi sulle tempie che facevano fede. Hanno ritirato il pacco, mi hanno ringraziato e mi hanno fatto sedere su un piccolo divano a due posti, piuttosto consunto e di una forma che non avevo mai visto: quasi diviso in due da una strozzatura, e con le due metà disposte fra loro ad angolo retto. Sull'altro posto del divano si è seduta la sorella castana; la sorella bianca, su una poltroncina di fronte.

«Permette che apra la lettera? Sa, Tino scrive cosí poco... eh già, infatti, guardi qua: "Carissime zie, approfitto della cortesia di un amico per farvi pervenire questo regalino, saluti affettuosi e baci da chi sempre vi ricorda, e sono il vostro Tino", punto e basta. Non gli viene il mal di testa di sicuro. Cosí lei è un suo amico, non è vero?»

Le ho spiegato che proprio amico no, se non altro per la differenza di età, ma ci eravamo trovati in quei paesi lontani, avevamo passato insieme tante sere, insomma ci eravamo fatta buona compagnia, e lui mi aveva raccontato molte cose interessanti. Ho colto un rapido sguardo della sorella bianca alla sorella bruna:

«Davvero? – ha risposto questa: – Sa, con noi parla cosí poco...»

Ho cercato di rimediare al fallo: laggiú svaghi ce n'erano pochi, anzi nessuno, e a trovarsi fra due italiani in mezzo a tanti forestieri veniva naturale di parlare. Del resto, lui mi raccontava quasi soltanto del suo lavoro. Come è buona usanza, cercavo di rivolgermi volta a volta ad entrambe le donne, ma non era facile. La zia bianca raramente puntava lo sguardo verso di me; per lo più guardava in terra, oppure, anche se io mi volgevo verso di lei, teneva gli occhi fissi in quelli della sorella bruna; le poche volte che prendeva la parola, si rivolgeva alla sorella, come se lei parlasse una lingua che io non avrei potuto capire, e la bruna dovesse fare da interprete. Quando invece era la bruna a parlare, la bianca la guardava fissamente, col busto leggermente piegato verso di lei, come se la volesse sorvegliare e stesse pronta a coglierla in difetto.

La bruna era loquace e di umore gaio: in breve ho saputo molto di lei, che era vedova senza figli, che aveva sessantatre anni e la sorella sessantasei, che si chiamava Teresa, e la bianca Mentina che voleva dire Clementina; che il suo povero marito era stato motorista abilitato nella marina mercantile, ma poi al tempo di guerra l'avevano imbarcato sui caccia ed era sparito nell'Adriatico, al principio del '43, proprio l'anno che era nato Tino. Erano appena sposati; invece Mentina non si era mai sposata.

«... ma mi dica di Tino; sta bene, no? Non prende freddo, su per le impalcature? E per il mangiare? Già lei lo avrà visto, il tipo che è lui. Ha proprio le mani d'oro: è sempre stato così, sa, anche da ragazzo, quando c'era un rubinetto che perdeva, o un guasto alla Singer, o la radio che faceva le scariche, lui metteva tutto a posto in un momento. Però c'era anche il rovescio della medaglia, nel senso che quando lui studiava, aveva sempre bisogno di avere in mano qualche affarino da smontare e rimontare, e sa bene, smontare è facile e rimontare mica tanto. Ma poi ha imparato, e di malanni non ne ha fatti più». Le avevo davanti agli occhi, le mani di Faussone: lunghe, solide e veloci, molto più espressive del suo viso. Avevano illustrato e chiarito i suoi racconti imitando volta a volta la pala, la chiave inglese, il martello; avevano disegnato nell'aria stantia della mensa

aziendale le catenarie eleganti del ponte sospeso e le guglie
dei derrick, venendo a soccorso della parola quando questa andava in stallo. Mi avevano richiamato alla mente lon-
tane letture darwiniane, sulla mano artefice che, fabbrican-
do strumenti e curvando la materia, ha tratto dal torpore il
cervello umano, e che ancora lo guida stimola e tira come
fa il cane col padrone cieco.

«Per noi è come un figlio, pensi che ha vissuto otto anni in questa casa, e che ancora adesso...»

«Sette, non otto», ha corretto Mentina, con inesplicabile
durezza e senza guardarmi. Teresa ha proseguito senza ri-
levare:

«... e bisogna dire che di fastidi ce ne ha dati pochi, almeno finché è rimasto alla Lancia, cioè finché ha fatto una vita
un po' regolare. Adesso, si capisce che guadagna di piú, ma
mi dica, le pare che uno possa andare avanti cosí per tutta
la vita? Cosí, come un uccello sul ramo, che oggi è qui e
domani chissà dove, un po' a cuocere nel deserto e un po' in
mezzo alla neve? E senza parlare poi della fatica...»

«... e del pericolo di lavorare in cima a quelle torri, che
a me solo a pensarci mi viene il capogiro», ha aggiunto Mentina, come se rimproverasse la sorella e la tenesse responsabile.

«Io spero che passando gli anni si calmerà un poco, ma
per adesso, niente da fare: deve vederlo, quando è qui a
Torino, dopo due o tre giorni sembra un leone in gabbia,
qui in casa non si fa piú quasi vedere, e ho fino il sospetto
che delle volte vada diretto in una pensione e con noi due
non si faccia neanche vivo. Garantito che, ben che è robusto, se va avanti cosí finisce che si rovina lo stomaco.
Qui da noi non c'è verso di ottenere che venga a mangiare
in orario, che si segga a tavola tranquillo e mandi giú qualche cosa di caldo e di sostanza: sembra che sia seduto sui
chiodi, un panino, un pezzo di formaggio e via, e ritorna
alla sera che noi due siamo già addormentate, perché noi
andiamo a dormire presto».

«E sí che a noi, fargli dei mangiarini un po' curati ci farebbe piacere, perché per noi non vale neanche la pena, e
lui è il solo nipote che abbiamo, e tempo ne abbiamo tanto...»

Oramai la configurazione si era stabilizzata, non senza un
certo disagio da parte mia. Teresa parlava guardando me;
Mentina interveniva guardando Teresa, ed io stavo ad ascoltare tenendo d'occhio prevalentemente Mentina, e percepivo in lei un'acrimonia mal definibile. Non capivo se era
rivolta contro di me, o contro la sorella, o contro il nipote
lontano, o contro il destino di quest'ultimo, che non mi
sembrava poi cosí degno di commiserazione. Stavo ravvi-
sando nelle due sorelle un esempio di quella divergenza e
polarizzazione che spesso si osserva nelle coppie, non ne-
cessariamente di coniugi. All'inizio della convivenza, le dif-
ferenze fra il membro tendenzialmente prodigo e l'avaro,
fra l'ordinato e il disordinato, fra il sedentario e il giramon-
do, fra il loquace e il taciturno, possono essere esigue, ma
col passare degli anni si accentuano fino ad una specializzazione precisa. Si tratta forse in alcuni casi di un rifiuto
della competizione diretta, per cui quando un membro ac-
cenna a dominare in un determinato campo, l'altro, invece
di combattere su questo, se ne sceglie un altro, contiguo o
lontano; in altri casi avviene che l'uno dei membri cer-
chi, consapevolmente o no, di compensare col suo comportamento le carenze dell'altro, come quando la moglie
di un contemplativo o di un pigro è costretta ad occuparsi
attivamente di cose pratiche. Un'analoga differenziazione
si è stabilizzata in molte specie animali, in cui ad esempio
il maschio è esclusivamente cacciatore e la femmina ha il
monopolio della cura della prole. Allo stesso modo la zia
Teresa si era specializzata nei contatti col mondo e la
zia Mentina si era arroccata nella casa: una agli affari esteri
e l'altra agli interni, evidentemente non senza invidie, at-
triti e critiche reciproche.

Ho cercato di rassicurare le due signore:

«No, per il mangiare non c'è da preoccuparsi. Io l'ho visto come vive Tino: sul lavoro, un orario bisogna seguirlo per forza, in qualunque paese uno vada a finire; e stiano pure tranquille che più uno va lontano dai paesi civili, più uno è sicuro di mangiare roba sana. Magari strana, ma sana, e così non si rovina la salute. Del resto, a quanto ho visto io, Tino ha una salute da fare invidia, non è vero?»

«È vero, sí sí, – è intervenuta Mentina: – Non ha mai niente, sta sempre bene. Mai che abbia bisogno di niente. Non ha bisogno di nessuno». Era proprio trasparente, la povera zia Mentina: lei sí, aveva bisogno che qualcuno avesse bisogno di lei; Tino in specie.

Zia Teresa mi ha offerto del liquore e degli amaretti, e mi ha chiesto il permesso di aprire il pacco che avevo portato dalla Russia. Conteneva due colli di pelliccia, uno bianco e uno bruno: non me ne intendo molto, ma ho avuto l'impressione che non si trattasse di pellicce di gran pregio; probabilmente erano articoli dei magazzini Beriozhka, quasi obbligatori per il turista che visita Mosca in tre giorni.

«Che meraviglia! E lei è stato ben gentile a portarli fin qui. Ci spiace tanto per il disturbo: poteva almeno telefonare, e saremmo venute noi a prenderle. Chissà quanto avrà speso, quel figliolo: che poi, per noi, è roba troppo fina, forse lui si crede che noi andiamo ancora a spasso in via Roma. Ebbene, perché no? Sarebbe una occasione per riprendere l'abitudine: no, Mentina? Non siamo mica ancora decrepite».

«Parla poco, Tino, ma ha sentimento. In questo, è tutto sua madre. A vederlo così, è rustico, ma è solo apparenza».

Ho annuito per educazione, ma sapevo di mentire. Non era solo apparenza, la rusticheria di Faussone: forse non era nata con lui, che forse un tempo era stato diverso, ma era ormai reale, acquisita, ribadita da innumerevoli duelli con l'avversario che è duro per definizione, il ferro dei suoi profilati e dei suoi bulloni, quello che non perdona mai i tuoi errori e spesso li dilata in colpe. Era diverso, il mio uomo, quale io avevo imparato a conoscerlo, dal personaggio che le due buone zie («una furba e l'altra mica tanto furba») avevano costruito per farne oggetto del loro amore tiepidamente ricambiato. Il loro ritiro-romitaggio di via Lagrange, immune ai decenni, acconciamente rappresentato dalla *causeuse* in cui io sedevo, era un cattivo osservatorio. Anche se Faussone avesse acconsentito a parlare un poco di piú, in nessun modo sarebbe riuscito a far rivivere fra quelle tappezzerie le sue sconfitte e le sue vittorie, le sue paure e le sue invenzioni.

«Quello che ci vorrebbe, per Tino, – ha detto Teresa, – sarebbe una brava ragazza: non è d'accordo anche lei? Noi ci abbiamo pensato Dio sa quante volte, e tante volte abbiamo anche provato. E sembrerebbe anche facile, perché anche lui è bravo, è un lavoratore, non è brutto, non ha vizi, e guadagna anche bene. Vuol credere? li facciamo incontrare, si vedono, si parlano, escono insieme due o tre volte, poi la ragazza viene qui e si mette a piangere: finito. E non si capisce mai che cosa è successo; lui, garantito che non parla, e loro, ognuna racconta una storia diversa. Che lui è orso, che l'ha fatta camminare sei chilometri senza dire una parola, che si dà delle arie, insomma un disastro, che oramai si è saputo, se ne parla in giro, e noi non ci osiamo neppure piú di combinargli degli altri incontri. Eppure, lui al suo avvenire magari non ci pensa, ma noi sí, perché abbiamo qualche anno piú di lui, e sappiamo cosa vuol dire vivere da soli; e sappiamo anche, che per stare con qualcuno ci vuole una fissa dimora. Se no, uno finisce che diventa selvatico: quanti se ne incontrano, specie alla domenica, e si conoscono subito, e ogni volta che ne vedo uno penso a Tino e mi viene la malinconia. Ma lei, non so, una sera che siate un po' in confidenza, come capita fra uomini: una parolina non gliela direbbe?»

Ho promesso di sí, ed ancora una volta mi sono sentito mentire. Non gli avrei detto nessuna parolina, non gli avrei dato consigli, non avrei cercato in nessun modo di influire

su di lui, di contribuire a costruirgli un futuro, di storna-
re il futuro che lui stesso si stava costruendo, o il destino
per lui. Solo un amore oscuro, carnale, antico, come quello
delle zie, poteva presumere di sapere quali effetti sarebbero scaturiti dalle cause, a quale metamorfosi sarebbe andato incontro il montatore Tino Faussone legato ad una
donna e ad una «fissa dimora». È già difficile per il chimico
antivedere, all'infuori dell'esperienza, l'interazione fra due
molecole semplici; del tutto impossibile predire cosa av-
verrà all'incontro di due molecole moderatamente complesse. Che predire sull'incontro di due esseri umani? O
delle reazioni di un individuo davanti ad una situazione
nuova? Nulla: nulla di sicuro, nulla di probabile, nulla di
onesto. Meglio sbagliare per omissione che per commissio-
ne: meglio astenersi dal governare il destino degli altri, dal
momento che è già cosí difficile ed incerto pilotare il proprio.

Non mi è stato agevole prendere congedo dalle due signore. Trovavano sempre nuovi argomenti di conversazione, e manovravano in modo da intercettare il cammino che
cercavo di aprirmi verso la porta d'ingresso. Si è udito il
rombo di un reattore di linea, e dalla finestra del tinello,
contro il cielo ormai scuro, si è visto il pulsare delle luci
di posizione.

«Ogni volta che ne passa uno io penso a lui, che non ha
paura di cascare, – ha detto la zia Teresa: – E pensare che
noi non siamo mai state a Milano, e una volta sola a Genova
per vedere il mare!»

«Sono tanto brave, niente da dire, solo che qualche volta tengono un po' caldo. Grazie per il pacco, spero che non abbia avuto da perdere troppo tempo. Cosí martedí parte anche lei? Col samoliotto? Bene, cosí facciamo il viaggio insieme: tanto, fino a Mosca la strada è la stessa».

Era una strada lunga e complicata, e sono stato contento di poterne fare una parte in compagnia, anche perché Faussone, che l'ha percorsa molte volte, la conosce meglio di me: soprattutto, ne conosce meglio le scorciatoie. Ero anche contento perché la mia battaglia contro le acciughe si era risolta sostanzialmente a mio vantaggio.

Piovigginava; secondo le intese, un'auto della fabbrica avrebbe dovuto aspettarci sul piazzale, e condurci fino all'aeroporto, che era lontano una quarantina di chilometri. Sono passate le otto, poi le otto e mezza; il piazzale era pieno di fango e non si vedeva nessuno. Verso le nove è arrivato un furgone, ne è sceso il conducente, e ci ha chiesto:

«Siete in tre?»

«No, siamo in due», ha risposto Faussone.

«Siete francesi?»

«No, siamo italiani».

«Dovete andare alla stazione?»

«No, dobbiamo andare all'aeroporto».

Il conducente, che era un giovane erculeo dal viso radioso, ha concluso lapidariamente: «Allora salite»; ha caricato i nostri bagagli ed è partito. La strada era interrotta da vaste pozzanghere: lui la doveva conoscere bene, perché in alcune penetrava senza rallentare, altre le aggirava con precauzione.

«Sono contento anch'io, – mi ha detto Faussone: – primo perché di queste terre cominciavo ad averne un po' basta; secondo, perché a quel bestione laggiú, alla escavatrice con le gambe, io ci tenevo, e l'ho vista montata e finita; non ha ancora incominciato a lavorare, ma insomma l'ho lasciata in buone mani. E la sua storia, quella delle scatole per i pesci, come è poi andata?»

«È andata bene: alla lunga avevamo ragione noi, ma non è stata una storia bella. È stata piuttosto una storia stupida; non una di quelle che fa piacere raccontarle, perché a raccontarla uno si accorge che è stato stupido a non capire le cose prima».

«Non se la prenda tanto, – mi ha risposto Faussone: – Le storie di lavoro sono quasi tutte cosí; anzi, tutte le storie dove è questione di capire qualche cosa. Succede lo stesso quando uno finisce di leggere un libro giallo, che si batte la mano sulla fronte e dice "eh già", ma è solo un'impressione; è che nella vita le cose non sono mai tanto semplici. Semplici sono i problemi che fanno fare a scuola. Allora?»

«Allora sono rimasto a Torino per piú di un mese, ho rifatto tutti i controlli, e me ne sono tornato qui sicuro di avere le carte in regola. Però ho trovato i russi che invece erano sicuri che le carte in regola ce le avevano loro; avevano esaminato parecchie dozzine di fusti, e secondo loro almeno un fusto ogni cinque era difettoso, cioè dava dei provini granulosi; e una cosa certa era che tutti i provini granulosi, e soltanto quelli, non resistevano alle acciughe. Il tecnologo mi trattava con la pazienza corta che si ha coi tonti: aveva fatto lui personalmente una scoperta...»

«Alla larga dai clienti che fanno le scoperte: sono peggio dei muli».

«No no, aveva scoperto un fatto che per me era grave. Sa, io ero convinto che ci fosse un fattore locale: sospettavo che la granulosità venisse dal lamierino dei provini, o dai pennelli che loro usavano per stendere la vernice; lui mi ha messo alle corde, aveva trovato il modo di dimostrarmi che i grumi c'erano già nella vernice. Ha preso il viscosimetro... non è uno strumento complicato, è una coppa cilindrica col fondo conico, che termina in basso in un ugello calibrato; si tappa l'ugello con un dito, si riempie di vernice, si lascia che vengano a galla le bolle d'aria, poi si toglie il dito e insieme si fa partire un contasecondi. Il tempo che ci vuole perché la coppa si svuoti è una misura della viscosità: è un controllo importante, perché una vernice non deve cambiare viscosità stando a magazzino.

Bene, il tecnologo aveva scoperto che si potevano distinguere i fusti difettosi anche senza applicare la vernice sui provini. Bastava osservare con attenzione il filo di vernice che colava dall'ugello del viscosimetro; se il fusto era buono, il filo scendeva liscio e fermo che sembrava di vetro; se il fusto era cattivo, il filo aveva come delle interruzioni, degli scatti: tre, quattro, o anche di piú per ogni misura. Dunque, i grumi c'erano già nella vernice, diceva lui; e io mi sentivo come Cristo sulla croce, e gli rispondevo che non si vedevano in nessun altro modo, infatti la vernice era bella limpida, sia prima della misura, sia dopo».

Faussone mi ha interrotto: «Scusi, sa, ma mi pare che avesse ragione lui: se una cosa si vede, è segno che c'è».

«Certo: ma sa bene, il torto è una bestia cosí brutta che nessuno se la vuol prendere in casa. Davanti a quel filino dorato che colava a scatti, come se mi volesse prendere in giro, io mi sentivo il sangue montare alla testa, e nella testa mi sentivo girare un mucchio di idee confuse. Per un verso, pensavo ai miei controlli fatti a Torino, che erano andati cosí bene. Per un altro verso, pensavo che una vernice è una roba piú complicata di quanto uno si immagini. Io ho degli amici ingegneri che mi hanno spiegato che è già difficile essere sicuri di quello che farà alla lunga un mattone o una molla a spirale: bene, creda a me che ne ho fatto l'esperimento per tanti anni, le vernici assomigliano piú a noi altri che ai mattoni. Nascono, diventano vecchie e muoiono come noi, e quando sono vecchie diventano balorde; e anche da giovani sono piene di inganni, e sono perfino capaci di raccontare le bugie, di far finta di essere quello che non sono, malate quando sono sane, sane quando sono malate. Si fa presto a dire che dalle stesse cause devono venir fuori gli stessi effetti: questa è un'invenzione di tutti quelli che le cose non le fanno ma le fanno fare. Provi un po' a parlarne con un contadino, o con un maestro di scuola, o con un medico, o peggio che tutto con un politico: se sono onesti e intelligenti, si metteranno a ridere».

All'improvviso, ci siamo sentiti proiettati verso l'alto, fino a battere col capo nel cielo della vettura. Il guidatore si era trovato davanti ad un passaggio a livello chiuso, aveva sterzato bruscamente sulla sua destra infilandosi di sghembo in un fosso, era uscito di strada, e adesso stava navigando parallelamente ai binari in un campo arato di fresco; si è voltato gioiosamente verso di noi, non per accertarsi della nostra integrità, ma per gridarci una frase che io non ho capito.

«Dice che si fa piú in fretta cosí», ha tradotto Faussone con aria poco persuasa. Poco dopo, il guidatore ci ha mostrato con fierezza un altro passaggio a livello chiuso, ci ha fatto un gesto come a dire «Avete visto?», e di slancio si è inerpicato su per una scarpata rimettendosi sulla strada. «I russi sono cosí, – mi ha mormorato Faussone: – o noiosi, o matti. Meno male che l'aeroporto è vicino».

«Il mio, quel tecnologo, non era né matto né noioso: era uno come me, che recitava la sua parte e cercava di fare il suo dovere: era solo un po' troppo innamorato della sua scoperta del viscosimetro; ma devo ammettere che per tutti questi giorni passati non me la sono sentita di volergli bene come vorrebbe la Bibbia. Avevo bisogno di prendere tempo per chiarirmi le idee, e l'ho pregato di consentirmi un programma di controllo completo. Ormai tutti i tremila fusti della nostra fornitura erano nei loro magazzini, numerati progressivamente: gli ho chiesto di ricollaudarli in contraddittorio, se non tutti, almeno uno ogni tre. Era un lavoro stupido e lungo (e infatti ci ho passato quattordici giorni), ma non vedevo un'altra via d'uscita.

Preparavamo provini per otto ore al giorno, centinaia di provini; quelli ruvidi non li provavamo neanche, quelli lisci li mettevamo di notte sotto le acciughe: tenevano tutti. Dopo quattro o cinque giorni di lavoro, mi è sembrato di intravvedere una certa regolarità, che però non riuscivo a spiegarmi e che non spiegava niente: sembrava che ci fossero dei giorni buoni e dei giorni cattivi, voglio dire dei giorni lisci e dei giorni granulosi. Ma non era una faccenda ben netta, nei giorni lisci c'erano sempre dei provini granulosi, e nei giorni granulosi un buon numero di provini lisci».

Eravamo entrati nell'aeroporto; il nostro accompagnatore ci ha salutati, ha voltato la vettura con un gran stridore di gomme, come se avesse una fretta straordinaria, ed è ripartito in un lampo. Seguendo con lo sguardo il furgone che volava via fra due cortine di fango, Faussone ha brontolato: «La madre dei balenghi è sempre gravida: anche da queste parti». Poi si è rivolto a me: «Scusi, aspetti un momento a raccontare il resto. Mi interessa, ma adesso dobbiamo passar dogana. Mi interessa, perché una volta anch'io ho avuto per le mani una gru che certi giorni andava in blocco e certi no; ma poi si è capito, e non era niente di fuorivia, era solo l'umidità».

Ci siamo messi nella coda per la dogana, ma è subito arrivata una donnetta di mezza età che parlava inglese abbastanza bene, e che ci ha fatti passare in testa alla fila senza che nessuno protestasse: ero stupito, ma Faussone mi ha spiegato che eravamo stati riconosciuti per stranieri; anzi, forse la fabbrica aveva segnalato per telefono la nostra presenza. Siamo passati in un attimo, avremmo potuto esportare una mitragliatrice o un chilo di eroina. Solo a me, il doganiere ha domandato se avevo dei libri; ne avevo uno, in inglese, sulla vita dei delfini, e lui, perplesso, mi ha chiesto perché lo avevo, dove lo avevo comprato, se ero inglese e specialista in pesci. Non lo ero? allora come mai lo possedevo, e perché lo volevo portare in Italia? Sentite le mie risposte, si è consultato con un suo superiore e poi mi ha lasciato passare.

L'aereo era già sulla pista di decollo, e i posti erano quasi tutti occupati; era un piccolo turboelica, ed il suo interno presentava un aspetto casalingo. C'erano intere famiglie, evidentemente contadine; bambini addormentati in braccio alle madri; cesti di frutta e verdura un po' dappertutto, e in un angolo tre polli vivi legati insieme per le zampe. Non c'era, o era stata eliminata, la tramezza di separazione fra la cabina di pilotaggio e lo spazio destinato ai passeggeri; i due piloti, in attesa di ricevere il segnale di via libera, mangiucchiavano semi di girasole e chiacchieravano con la hostess e (via radio) con qualcuno nella torre di controllo. La hostess era una bella ragazza, molto giovane, solida e pallida; non era in uniforme, indossava un abitino nero e portava uno scialle viola avvolto negligentemente intorno alle spalle. Dopo qualche tempo ha dato un'occhiata all'orologio da polso, è venuta fra i passeggeri, ha salutato due o tre conoscenti, e ha detto che si chiamava Vjera Filíppovna e che era lei la nostra hostess. Parlava con voce dimessa e in tono famigliare, senza l'enfasi meccanica in uso fra le sue colleghe. Ha poi continuato dicendo che saremmo partiti fra pochi minuti o forse fra mezz'ora, e che il volo sarebbe durato un'ora e mezza o magari anche due. Che ci allacciassimo per favore le cinture di sicurezza, e non fumassimo fino al decollo. Ha tirato fuori dalla borsetta un fascio di lunghe bustine di plastica trasparente, e ha detto: «Se qualcuno ha in tasca una penna stilografica, la metta qui dentro».

«Perché? – ha chiesto un passeggero: – Forse che questo apparecchio non è pressurizzato?»

«Sí, un pochino è pressurizzato, cittadino; ma seguite ugualmente il mio consiglio. Del resto, le stilografiche spesso perdono inchiostro anche a terra, lo sanno tutti».

L'aereo è decollato, ed io ho ripreso il mio racconto.

«Come le stavo dicendo, c'erano, all'ingrosso, dei giorni buoni e dei giorni cattivi: e poi, in generale, erano peggiori i provini fatti al mattino di quelli fatti al pomeriggio. Io passavo i giorni a fare provini, e le sere a pensarci su, e non ne venivo a capo; quando mi telefonavano da Torino per sapere come andavano le cose, venivo tutto rosso per la vergogna, facevo promesse, tiravo in lungo, e mi sembrava di remare, voglio dire, di remare in una barca legata a un palo, che uno fatica come una bestia e non va avanti di un centimetro. Ci pensavo su di sera, e anche di notte, perché non dormivo; ogni tanto accendevo la luce e mi mettevo a leggere il libro dei delfini per far passare le ore.

Una notte, invece di leggere quel libro, mi sono messo a rileggere il mio diario. Non era proprio un diario, erano appunti che prendevo giorno per giorno, è un'abitudine che viene a tutti quelli che fanno un lavoro un po' complicato: specie quando passano gli anni, e uno non si fida piú tanto della sua memoria. Per non dare sospetti, non scrivevo niente durante la giornata, ma mettevo giú gli appunti e le mie osservazioni alla sera, appena ritornavo nella foresteria: che, tra parentesi, era una gran tristezza. Bene, a rileggerli era ancora piú triste, perché veramente non veniva fuori un costrutto. C'era solo una regolarità, ma non poteva essere altro che un caso: i giorni peggiori erano quelli che si faceva viva la signora Kondratova, sí, quella che le erano morti in guerra i figli e il marito, si ricorda? Forse erano le disgrazie che aveva avute, ma sta di fatto che poveretta stava sullo stomaco non solo a me ma a tutti. Avevo annotato i giorni che veniva per via di quella faccenda del visto, perché era lei che se ne occupava, o insomma che avrebbe dovuto occuparsene, ma invece mi raccontava i suoi guai lontani e vicini e mi faceva perdere tempo sul lavoro. Mi prendeva anche un po' in giro per la storia delle acciughe: non credo che fosse cattiva, forse non si rendeva conto che ero io a pagare di persona, ma certo non era una che facesse piacere averla vicino: a ogni modo, io non sono uno di quelli che credono nel malocchio, e non potevo ammettere che le disgrazie della Kondratova potessero diventare grumi nella vernice. Del resto, con le sue mani non toccava niente; non veniva tutti i giorni, ma quando veniva arrivava presto, e come prima cosa sgridava tutti quelli del laboratorio perché secondo lei non era abbastanza pulito.

Ecco, è stata proprio la faccenda della pulizia a mettermi sulla strada giusta. È abbastanza vero che la notte porta consiglio, ma lo porta solo se uno non dorme bene, e se la sua testa non va in vacanza ma continua a macinare. In quella notte mi pareva di essere al cinematografo e che dessero un brutto film: oltre che brutto, era anche guasto, tutti i momenti si interrompeva e ricominciava da capo, e il primo personaggio che veniva in scena era proprio la Kondratova. Entrava in laboratorio, mi salutava, faceva la solita predica della pulizia, poi il film si strappava: che cosa capitava dopo? Bene, dopo non so quante interruzioni, la sequenza è andata avanti di qualche inquadratura e si è vista la donna che mandava una delle ragazze a prendere degli stracci; quegli stracci si vedevano da vicino, in primo piano, e invece che stracci qualunque erano di un tessuto rado e bianco che sembrava quello delle bende da ospedale. Sa come succede, non è che fosse un sogno miracoloso, è probabile che io abbia proprio visto la scena, ma ero distratto, forse in quel momento stavo pensando ad altro, o la Kondratova mi stava raccontando la storia di Leningrado e dell'assedio. Devo aver registrato il ricordo senza rendermene conto.

Il mattino dopo la Kondratova non c'era; io ho fatto finta di niente, e appena entrato ho messo il naso dentro il cassone degli stracci. Erano proprio bende, bende e filacce. A forza di gesti, di insistenze e di intuizione, dalle spiegazioni del tecnologo ho ricavato che era materiale di medicazione scartato al collaudo. Si vedeva bene che l'uomo faceva il tonto, e approfittava delle difficoltà di linguaggio; non mi ci è voluto molto a capire che era roba procurata illegalmente, forse con qualche baratto o per via di amicizie. Forse l'assegnazione mensile di stracci era mancata o tardava, e lui si era arrangiato: a fin di bene, naturalmente.

Quel giorno era un giorno di sole, il primo dopo una settimana di nuvole: onestamente, penso che se il sole fosse venuto fuori prima anch'io avrei capito prima il fatto dei provini granulosi. Ho preso uno straccio dal cassone e l'ho scosso due o tre volte; un momento dopo, nell'angolo opposto del laboratorio, un raggio di sole che era quasi invisibile si è riempito di bruscolini luminosi, che si accendevano e spegnevano come fanno le lucciole a maggio. Ora lei deve sapere (o forse gliel'ho già detto) che le vernici sono una razza permalosa, specie per quanto riguarda i peli, e in generale per tutto quello che vola per aria: a un mio collega è toccato di pagare parecchi soldi a un proprietario perché facesse tagliare un filare di pioppi a seicento metri dalla fabbrica, altrimenti a maggio quei fiocchi con dentro i semi, che sono cosí graziosi e volano lontano, andavano a finire nei lotti di vernice in fase di macinazione e glieli rovinavano; e non servivano a niente zanzariere e moscaruole, perché i fiocchi entravano da tutte le fenditure dei serramenti, si raccoglievano di notte negli angoli morti, e al mattino, appena entravano in funzione le ventole di aerazione, giravano per aria come impazziti. E a me è successo un guaio coi moscerini dell'aceto. Non so se lei li conosce, gli scienziati gli vogliono bene perché hanno i cromosomi molto grossi; anzi, pare che quasi tutto quello che si sa oggi sull'eredità, i biologi lo abbiano imparato sulla loro pelle, facendoli incrociare fra di loro in tutte le maniere possibili, tagliuzzandoli, iniettandoli, affamandoli e dandogli da mangiare delle cose strane: dove si vede che tante volte mettersi in vista è pericoloso. Li hanno chiamati Drosofile, e anche loro sono belli, con gli occhi rossi, non piú lunghi di tre millimetri, e non fanno male a nessuno, anzi, magari contro voglia ci hanno fatto del bene.

A queste bestioline piace l'aceto, non saprei dirle perché; per essere precisi, gli piace l'acido acetico che sta dentro l'aceto. Sentono il suo odore a distanze da non crederci, arrivano da tutte le parti come una nuvola, per esempio sul mosto, che infatti qualche traccia d'acido acetico la contiene; se poi trovano dell'aceto scoperto sembrano ubriachi, volano in cerchio fitto fitto tutto intorno, e tante volte ci vanno a finire dentro e annegano».

«Eh già: tanto va la gatta al lardo...» ha commentato Faussone.

«Come naso... si fa per dire, perché il naso non ce l'hanno, e gli odori li sentono con le antenne. Come naso, dicevo, ci battono come niente, e battono anche i cani, perché sentono l'acido anche quando è combinato, per esempio nell'acetato di etile o di butile, che sono solventi delle vernici alla nitro. Bene, avevamo una nitro per unghie di un colore fuori serie, ci avevamo messo due giorni per metterla a tinta, e la stavamo passando al mulino a tre cilindri; non saprei dire come mai, forse era la loro stagione, o avevano piú fame del solito, o si erano passati la parola: ma sono arrivati a sciami, si andavano a posare sui cilindri mentre giravano e rimanevano macinati anche loro dentro alla vernice. Ce ne siamo accorti solo alla fine della macinazione, non c'è stato verso di filtrarla, e per non buttarla via l'abbiamo dovuta recuperare in un'antiruggine, che cosí è venuta fuori di un bel colore rosé. Bene, scusi se ho perso un po' il filo.

In conclusione, a questo punto io mi sentivo in piena rimonta. Ho esposto al tecnologo la mia supposizione, che nel mio cuore era ormai una certezza, tanto che avrei addirittura chiesto il permesso di telefonare la notizia alla fabbrica in Italia. Ma il tecnologo non cedeva: aveva visto

lui con i suoi occhi diversi campioni di vernice, appena pre-
levati dai fusti, che scendevano dal viscosimetro a guizzi.
Come avrebbero avuto il tempo di catturare per aria i filamenti degli stracci? Per lui era chiaro: i filamenti potevano entrarci o non entrarci, ma i grumi c'erano già nei fusti
di fornitura.

Bisognava dimostrargli (e anche dimostrare a me stesso)
che non era vero, e che in ogni grumo c'era un filamento.
Avevano un microscopio? Ce l'avevano, uno da esercitazioni con solo duecento ingrandimenti, ma per quello che
volevo fare io bastavano; aveva anche il polarizzatore e
l'analizzatore».

Faussone mi ha interrotto. «Momento. Finché sono stato io a raccontarle le storie del mio mestiere, lei lo deve ammettere, io non ho mai profittato. Capisco che oggi lei è
contento, ma anche lei non deve approfittarsene. Deve raccontare le cose in una maniera che si capiscano, se no non
è piú gioco. O non è che lei è già dall'altra parte, di quelli
che scrivono e poi quello che legge si arrangia, tanto ormai il libro lo ha già comprato?»

Aveva ragione, e io mi ero lasciato trascinare. D'altra
parte, avevo fretta di concludere il mio racconto, perché
Vjera Filíppovna era già venuta fra i passeggeri ad annun-
ciare che, secondo lei, saremmo atterrati a Mosca entro
venti o trenta minuti. Cosí mi sono limitato a spiegargli che
ci sono molecole lunghe e molecole corte; che solo con
le molecole lunghe, sia la natura sia l'uomo, riescono a
costruire dei filamenti tenaci; che in questi filamenti, di
lana, o di cotone, o di nailon, o di seta e cosí via, le molecole
sono orientate per il lungo, e grossolanamente parallele; e
che il polarizzatore e l'analizzatore sono appunto strumenti che permettono di rivelare questo parallelismo, anche su
un pezzetto di filamento appena visibile al microscopio. Se
le molecole sono orientate, cioè se si tratta di una fibra, si
vedono dei bei colori; se sono disposte alla rinfusa non

si vede niente. Faussone ha fatto un grugnito, a indicare che potevo continuare.

«Ho anche trovato in un cassetto dei bei cucchiaini di vetro, di quelli che si usano per le pesate di precisione: volevo dimostrare al tecnologo che dentro ogni grumo che usciva dal viscosimetro c'era un filamento, e che dove non c'erano filamenti anche i grumi non c'erano. Ho fatto fare pulizia dappertutto con degli stracci bagnati, ho fatto eliminare il cassone, e nel pomeriggio ho incominciato la mia caccia: dovevo acchiappare al volo il grumo col cucchiaino mentre scendeva dal viscosimetro, e portarlo sotto il microscopio. Credo che potrebbe diventare uno sport, una specie di tiro al piattello che si può fare anche in casa; ma non era divertente esercitarmi sotto quattro o cinque paia di occhi diffidenti. Per dieci o venti minuti non ho concluso niente; arrivavo sempre troppo tardi, quando il grumo era già passato; oppure, spinto dal nervosismo, facevo scattare il cucchiaino addosso a un grumo immaginario. Poi ho imparato che era importante mettersi seduti comodi, avere una illuminazione forte, e tenere il cucchiaio molto vicino al filo di vernice. Ho portato sotto il microscopio il primo grumo che sono riuscito a catturare, e il filamento c'era; l'ho confrontato con un altro filamento che avevo staccato apposta dalle bende: benissimo, erano identici, cotone uno e cotone l'altro.

Il giorno dopo, che sarebbe ieri, ero diventato bravo, e avevo anche insegnato il trucco a una delle ragazze; non c'erano piú dubbi, ogni grumo conteneva un filamento. Che poi i filamenti facessero da quinta colonna per l'attacco delle acciughe sulla vernice, si spiegava abbastanza bene, perché le fibre di cotone sono porose, e potevano ben funzionare come un canaletto: ma i russi non mi hanno chiesto altro, hanno firmato il mio protocollo liberatorio, e mi hanno congedato con un nuovo ordine di vernice in tasca. Tra parentesi: anche senza sapere tanto il russo, ho capito che, con un pretesto o un altro, l'ordine me lo avrebbero

dato comunque, perché la vernice tedesca di cui mi aveva
parlato la Kondratova il mese prima era chiaro che, quanto
a grumi e acciughe, si comportava come la nostra. E la scoperta del tecnologo, quella che mi aveva tanto preoccupato,
è venuto poi fuori che aveva una causa addirittura ridi-
cola: fra una misura e l'altra, invece di lavare il viscosimetro con solvente e poi asciugarlo, lo pulivano direttamente con le filacce del cassone, di modo che, in fatto di grumi,
il viscosimetro stesso era il peggior focolaio d'infezione».

Siamo atterrati a Mosca, abbiamo recuperato i bagagli
e siamo saliti sull'autobus che ci doveva portare all'albergo in città. Ero piuttosto deluso dal mio tentativo di ritor-
sione: Faussone aveva seguito il mio racconto col suo solito viso inespressivo, senza quasi interrompermi e senza
fare domande. Ma doveva seguire un suo filo di pensiero,
perché dopo un lungo silenzio mi ha detto:

«Cosí lei vuole proprio chiudere bottega? Io, scusi sa,
ma al suo posto ci penserei su bene. Guardi che fare delle
cose che si toccano con le mani è un vantaggio; uno fa i
confronti e capisce quanto vale. Sbaglia, si corregge, e la
volta dopo non sbaglia piú. Ma lei è piú anziano di me, e
forse nella vita ne ha già viste abbastanza».

... Naturalmente mi mancava il Capitano MacWhirr.
Appena l'ho raffigurato, mi sono accorto che era l'uomo che faceva per me. Non voglio dire che io abbia
mai visto il Capitano MacWhirr in carne ed ossa, o
che io mi sia trovato in contatto con la sua pedanteria
e la sua indomabilità. MacWhirr non è il frutto di un
incontro di poche ore, o settimane, o mesi: è il prodotto di vent'anni di vita, della mia propria vita. L'invenzione cosciente ha avuto poco a che fare con lui. Se
anche fosse vero che il Capitano MacWhirr non ha mai
camminato o respirato su questa terra (il che, per conto mio, è estremamente difficile da credere), posso tuttavia assicurare ai lettori che egli è perfettamente au-
tentico.

J. CONRAD, dalla Nota a *Tifone*.

*Assonanze*

# Il lavoro e la sua qualità

di Corrado Stajano

Il lavoro e la sua qualità, le ragioni dell'austerità, il conflitto politico e morale tra società dei garantiti e società degli emarginati, i motivi del lavoro e i motivi del rifiuto e dell'assenteismo in un mondo capitalistico sono temi centrali della discussione sulla crisi. Alberto Asor Rosa nel suo saggio *Le due società* l'ha intuito anzitempo e ha reso drammaticamente palpabile la violenza dello scontro tra la società che ha come cardine la classe operaia organizzata e la società dei giovani all'avventura, dei disoccupati, dei protagonisti della disgregazione che può essere sfruttata da chi vuole conservare il vecchio sistema di potere.

È uscito ora un libro molto bello e insolito che mette il dito sulla piaga di questi problemi e che dovrebbe contribuire ad alimentare la discussione, a porre interrogativi e a chiedere risposte, a far chiarezza, insomma, per l'onestà intellettuale di chi l'ha scritto e per la trattazione limpida di questioni che ci toccano cosí da vicino. Il libro, che ha la forma di narrazione, è di Primo Levi, l'ha appena pubblicato Einaudi ed ha come titolo *La chiave a stella*. Autore di *Se questo è un uomo* e della *Tregua* – le terribili testimonianze sull'universo dei lager nazisti – Levi racconta ora le avventure di un tecnico che va in tutto il mondo a montare gru, ponti sospesi, strutture metalliche, impianti petroliferi. Il libro è una sorta di Odissea contemporanea e il protagonista, il torinese Faussone, è una specie di Ulisse che dall'India all'Unione Sovietica, dall'Alaska all'Africa gira con la sua chiave a stella ad alzare, con i suoi tralicci, un altro monumento, quello della moralità del lavoro.

*La chiave a stella* rivela mestieri e modi di pensare e di vivere di cui si sa poco, ma al di là della curiosità e dell'originalità del tema, il libro è di grande interesse perché affronta dall'interno il problema del rapporto tra l'uomo, le modalità del lavoro e l'oggetto del lavoro. Faussone racconta le sue vicende allo scrittore e chimico di professione Primo Levi e dal continuo dialogo esce non tanto una mitizzazione dell'aristocrazia operaia, ma un racconto su chi seguita a lavorare bene, su chi crede profondamente in ciò che fa, moralista senza incertezze che per il suo lavoro usa rigore e intelligenza. Il racconto della fatica quotidiana, il continuo esame da sostenere, le battaglie vinte e quelle perse e soprattutto il gusto dell'opera finita e ben fatta sono dunque la filosofia dell'opera.

E subito affiorano le domande. Per quale società lavora il tecnico Faussone? Il suo rigore moralistico non offre alibi e prestigio proprio a quella società del profitto e del privilegio che deve essere abbattuta? Non è riduttiva – nel crollo generale delle certezze, nel fallimento dei miti politici e morali, nel trionfo dell'imperialismo, nel ripristino della schiavitú sotto forme diverse – la tesi che all'uomo resta solo questa forma di pacificazione della coscienza che è il lavoro fatto bene? E poi: il tecnico Faussone alza le sue torri quasi come un artista-creatore nutrito di scienza esatta, ha fede in ciò che fa e ne riceve anche soddisfazione e prestigio. Ma come si possono dimenticare i milioni di uomini che fanno un lavoro alienante, privi di ogni interesse e di volontà – lavorano per vivere, vivono per lavorare e basta – legati in una catena di montaggio a compiere gesti ripetitivi, privati di ogni soddisfazione e di ogni segno distintivo? E come si può condannare la disaffezione e l'assenteismo in una società che ha solo l'affezione del non fare, dei problemi irrisolti e del non governo e sapendo poi che i giudici piú severi sono proprio coloro che hanno lavori gratificanti e ricevono prebende privilegiate?

Ma Levi sa tutto questo e forse piú di tutti perché nei lager nazisti è stato schiavo, ne ha avuto coscienza ed è stato uno dei pochi a porre il problema della deportazione di massa anche come problema della forza lavoro nell'industria pesante tedesca. Obiettivo delle fabbriche-lager non era infatti soltanto lo sterminio degli avversari politici, ma la costituzione di un gigantesco esercito di lavoratori indispensabili per produrre al minimo costo, con la camera a gas al posto del licenziamento e della cassa integrazione.

Il pacato raccontare le avventure del tecnico Faussone, trent'anni dopo Auschwitz, significa che la risposta di Primo Levi è morale, ma è anche politica. La moralità del lavoro vale in assoluto ed è soprattutto un onere per chi vuole il cambiamento, il progresso, la rivoluzione liberatrice. È proprio la classe operaia a doversi fare carico dei disastri di una borghesia incapace, velleitaria o corrotta e a dover porre modelli nuovi che compensino i valori lasciati cadere o traditi da quella stessa borghesia che è ancora oggi al centro della realtà sociale italiana. È la classe operaia che si deve battere per una nuova organizzazione del lavoro capace di trasformare la ripetitività della fatica, di fare in modo che il frutto del lavoro rimanga nelle mani di chi lo esegue, di offrire a chi lavora delle motivazioni, di combattere con i fatti e con una partecipazione politica effettiva il distacco, la rassegnazione, la non affezione.

Scrive Primo Levi: « Per esaltare il lavoro, nelle cerimonie ufficiali viene mobilitata una retorica insidiosa, cinicamente fondata sulla considerazione che un elogio o una medaglia costano molto meno di un aumento di paga e rendono di piú; però esiste anche una retorica di segno opposto, non cinica ma profondamente stupida, che tende a denigrarlo, a dipingerlo vile, come se del lavoro, proprio o altrui, si potesse fare a meno, non solo in Utopia ma oggi e qui: come se chi sa lavorare fosse per definizione un servo, e come se, per converso, chi lavorare non sa, o sa male, o non vuole, fosse per ciò stesso un uomo libero ».

Anche se le speranze sono fragili e se saranno necessarie generazioni per abbattere la catena dello sfruttamento, il lavoro ben fatto, la competenza e la coscienza della sua moralità sono i presupposti della capacità di portare a buon fine ogni lavoro politico riformista o rivoluzionario sapendo come può essere duro e sfibrante l'esercizio della pazienza per arrivare a un esito forse lontano.

« Il Messaggero », 11 dicembre 1978.

## Ex chimico
di Primo Levi

Il rapporto che lega un uomo alla sua professione è simile a quello che lo lega al suo paese; è altrettanto complesso, spesso ambivalente, ed in generale viene compreso appieno solo quando si spezza: con l'esilio o l'emigrazione nel caso del paese d'origine, con il pensionamento nel caso del mestiere. Ho abbandonato il mestiere chimico ormai da qualche anno, ma solo adesso mi sento in possesso del distacco necessario per vederlo nella sua interezza, e per comprendere quanto mi è compenetrato e quanto gli debbo.

Non intendo alludere al fatto che, durante la mia prigionia ad Auschwitz, mi ha salvato la vita, né al ragionevole guadagno che ne ho ricavato per trent'anni, né alla pensione a cui mi ha dato diritto. Vorrei invece descrivere altri benefici che mi pare di averne tratto, e che tutti si riferiscono al nuovo mestiere a cui sono passato, cioè al mestiere di scrivere. Si impo-

ne subito una precisazione: scrivere non è propriamente un
mestiere, o almeno, a mio parere, non lo dovrebbe essere: è
un'attività creativa, e perciò sopporta male gli orari e le sca-
denze, gli impegni con i clienti e i superiori. Tuttavia, scrivere
è un « produrre », anzi una trasformazione: chi scrive trasfor-
ma le proprie esperienze in una forma tale da essere accessibile e gradita al « cliente » che leggerà. Le esperienze (nel senso
vasto: le esperienze di vita) sono dunque una materia prima:
lo scrittore che ne manca lavora a vuoto, crede di scrivere ma
scrive pagine vuote. Ora, le cose che ho viste, sperimentate e
fatte nella mia precedente incarnazione sono oggi, per me
scrittore, una fonte preziosa di materie prime, di fatti da raccontare, e non solo di fatti: anche di quelle emozioni fondamentali che sono il misurarsi con la materia (che è un giudice
imparziale, impassibile ma durissimo: se sbagli ti punisce senza pietà), il vincere, il rimanere sconfitti. Quest'ultima è un'e-
sperienza dolorosa ma salutare, senza la quale non si diventa
adulti e responsabili. Credo che ogni mio collega chimico lo
potrà confermare: si impara piú dai propri errori che dai propri successi. Ad esempio: formulare un'ipotesi esplicativa, crederci, affezionarcisi, controllarla (oh, la tentazione di falsare i
dati, di dar loro un piccolo colpo di pollice!) ed infine trovarla errata, è un ciclo che nel mestiere del chimico si incontra
anche troppo spesso « allo stato puro », ma che è facile riconoscere in infiniti altri itinerari umani. Chi lo percorre con
onestà ne esce maturato.

Ci sono altri benefici, altri doni che il chimico porge allo
scrittore. L'abitudine a penetrare la materia, a volerne sapere
la composizione e la struttura, a prevederne le proprietà ed il
comportamento, conduce ad un *insight*, ad un abito mentale
di concretezza e di concisione, al desiderio costante di non
fermarsi alla superficie delle cose. La chimica è l'arte di sepa-
rare, pesare e distinguere: sono tre esercizi utili anche a chi si
accinge a descrivere fatti o a dare corpo alla propria fantasia.
C'è poi un patrimonio immenso di metafore che lo scrittore
può ricavare dalla chimica di oggi e di ieri, e che chi non abbia frequentato il laboratorio e la fabbrica conosce solo ap-
prossimativamente. Anche il profano sa che cosa vuole dire
filtrare, cristallizzare, distillare, ma lo sa di seconda mano: non
ne conosce la « passione impressa », ignora le emozioni che a
questi gesti sono legate, non ne ha percepita l'ombra simboli-
ca. Anche solo sul piano delle comparazioni il chimico mili-
tante si trova in possesso di una insospettata ricchezza: « nero
come... »; « amaro come... »; vischioso, tenace, greve, fetido,

fluido, volatile, inerte, infiammabile: sono tutte qualità che il chimico conosce bene, e per ognuna di esse sa scegliere una sostanza che la possiede in misura preminente ed esemplare. Io ex chimico, ormai atrofico e sprovveduto se dovessi rientrare in un laboratorio, provo quasi vergogna quando nel mio scrivere traggo profitto di questo repertorio: mi pare di fruire di un vantaggio illecito nei confronti dei miei neo-colleghi scrittori che non hanno alle spalle una militanza come la mia.

Per tutti questi motivi, quando un lettore si stupisce del fatto che io chimico abbia scelto la via dello scrivere, mi sento autorizzato a rispondergli che scrivo proprio perché sono un chimico: il mio vecchio mestiere si è largamente trasfuso nel nuovo.

*Opere complete* di Primo Levi, Einaudi, Torino 1987-1990, vol. 1, pp. 596-98.

# Indice

## La chiave a stella

*Stampato per conto della Casa editrice Einaudi*
*presso Mondadori Printing S.p.A., Stabilimento N.S.M., Cles (Trento)*

C.L. 12694

Edizione                                                  Anno

13   14   15   16   17   18                      2003   2004   2005   2006